I0529682

The Independent Bookworm

Über das Buch

Es war einmal in einer Welt, in der Magie und Technik mit unerwarteten Konsequenzen aufeinander treffen …

Beim Besuch der königlichen Familie des Nachbarreichs, gibt Prinz Laurent der Prinzessin einen Korb – mit schlimmen Auswirkungen. In Schwäne verwandelt fliehen er und seine Brüder, mit ihrer Schwester in einem Flugapparat auf den Fersen. Doch dann stürzen sie ab und landen auf einem Friedhof. Können sie ihre menschliche Form zurückgewinnen, bevor sie die wütende Prinzessin einholt? Und was ist mit dem seltsamen Geist, zu dem sich Laurent hingezogen fühlt?

Was wäre, wenn Hans Christian Andersen übersehen hätte, wozu „Die wilden Schwäne" fähig sind?

Über die Autorin

Katharina Gerlach hat seit ihrer Geburt den Kopf in den Wolken. Früher lebte sie mit drei jüngeren Brüdern mitten in einem Wald im Herzen der Lüneburger Heide. Tagelang verschwand sie in magischen Abenteuern, vergangenen Zeiten oder unheimlichen Märchenwäldern, denn auch junge Wilde lernen irgendwann Lesen.

Auf die Erde kehrte sie nie lange zurück. Eines Tages wurde ihr klar, dass sie schreiben muss, wenn ihr Traum, ihre Geschichten zu teilen, wahr werden sollte.

Katharina schreibt am liebsten Fantasy, Science Fiction und Historische Romane für alle Altersgruppen. Zurzeit arbeitet sie an ihrem nächsten Projekt in einem Häuschen nicht weit von Hildesheim, wo sie mit ihrem Mann, drei Kindern und einem Hund lebt.

Mehr Informationen: http://de.KatharinaGerlach.com

SCHWANENPRINZ
DIE SIEBEN SCHWÄNE
SCHÄTZE NEU ERZÄHLT 7

Katharina Gerlach

Schwanenprinz, Schätze Neu Erzählt 7
erschienen im Independent Bookworm Verlag, USA und D
Dieses Buch ist auch als eBook erhältlich. Es ist auf Deutsch und auf
Englisch erschienen.

Sollten Sie Rechtschreib- oder andere Fehler in diesem Buch finden, melden
Sie sich bitte beim Verlag (www.IndependentBookworm.de).

© 2016, alle Rechte an der Geschichte liegen bei der Autorin
© 2016, cover art by Katharina Kolata
© 2016, title background by Corona Zschusschen
© 2014, logo by colorgraphix
© 2014, paragraph dividers by Katharina Kolata
© 2014, shapes for paragraph dividers by Clker-Free-Vector-Images
editor: Ethan James Clarke
printed On-Demand Publishing LLC, 100 Enterprise Way, Suite A200,
Scotts Valley, CA 95066, USA, www.createspace.com

ISBN-13 978-3-95681-067-1

Weitere Information finden Sie auf der Verlagswebsite:
http://www.IndependentBookworm.de

Für meine Familie. Ohne Euch hätte ich es nicht geschafft.
Und ganz besonders für Marny, meine Lieblingsbuchbloggerin.

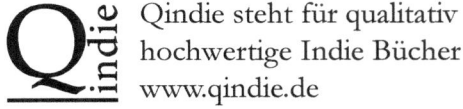 Qindie steht für qualitativ
hochwertige Indie Bücher
www.qindie.de

INHALTSVERZEICHNIS

SCHWANENPRINZ

Blah, blah, blah, dachte Laurent, als er hinter seinen Eltern und den Besuchern herging, und dem Geplapper des Technikers zuhörte, der sie durch den Hangar führte und die Fragen des besuchenden Prinzen beantwortete. Die kleine Michelle – na ja, mit fünfzehn war sie gar nicht mehr so klein – genoss den Luftschiffhangar immer, insbesondere weil mehrere Luftschiffdesigns von ihr entworfen worden waren, aber er konnte ganz gut leben, ohne sich die riesigen Ballons anzusehen. Doch es war seine Pflicht als Kronprinz, die Besucher herumzuführen. *Ich wünschte Mutter und Vater würden diesen ganzen Kronprinzenquatsch nicht so ernst nehmen.*

Die Finger der ausländischen Prinzessin ruhten leicht auf seiner Hand. Er hätte sie zu gerne abgeschüttelt und wäre mit seinen Brüdern jagen gegangen. Nur die gelegentlichen warnenden Blicke seiner Mutter brachten ihn dazu, zu bleiben, auch wenn er Kopfschmerzen zu bekommen schien. Er fühlte sich, als wühle eine unsichtbare Hand in seinem Gehirn herum. Er tat sein Bestes, den Schmerz zu ignorieren, und konzentrierte sich auf die Luftschiffe, den Stolz ihres Königreichs.

„Ich würde zu gerne das Innere einer der Gondeln sehen", sagte Prinzessin Elsa. „Wäre das möglich?"

„Selbstverständlich. Leider gibt es nur Platz für eine Hand voll Menschen." Der Techniker lächelte. „Wir testen gegenwärtig ein paar Entwürfe, die eine größere Zahl Passagiere pro Gondel erlauben würden."

Laurent sah seine Chance gekommen und hob die Hand. „Ich warte hier."

Als die Prinzessin, ihr Bruder und ihre Eltern mit seinem Vater und dem Techniker an Bord eines der Schiffe gingen, blieb seine Mutter bei Laurent. Er stöhnte.

„Hör auf, dich wie ein Kind zu benehmen, Laurent." Sie richtete seinen Kragen. Der kleine Ruck an seiner Wirbelsäule verschlimmerte seine Kopfschmerzen. „In einigen Tagen bist du vierundzwanzig und wirst das Königreich führen, wenn dein Vater und ich auf Reisen sind. Du wirst lernen müssen, mit unangenehmen Pflichten umzugehen."

„Warum wollt ihr überhaupt verreisen? Was ist so verflixt interessant an einer Flotte dampfgetriebener Boote?"

„Achte auf deine Sprache, mein Sohn!" Die Königin wendete sich der beweglichen Treppe zu, die gegen die Passagiergondel des zigarrenförmigen Luftschiffs geschoben worden war und faltete die Hände vor der Brust. „Dein Vater und ich haben keine freie Zeit mehr gehabt, seit er vor dreißig Jahren die Krone annahm. Elsas Eltern sind unsere besten Freunde, und dies ist das erste Mal in vielen Jahren, dass es ihnen gelungen ist, uns zu besuchen. Außerdem wollen wir sehen, ob die Dampfboote die Sicherheit bei Fernreisen verbessern können. Wir sind ja nur für ein oder zwei Wochen fort." Sie sah ihn über die Schulter an. „Aber das bedeutet, dass du für die Zeit die Verantwortung trägst."

Er seufzte wieder. Dann warteten sie schweigend darauf, dass die anderen zurückkehrten. Elsa war die Erste, die die Stufen hinunter eilte. „Ich wusste gar nicht, dass deine Brüder die Hälfte eurer Flotte selbst gebaut haben", sagte sie, als sie ihre Hand wieder auf seine legte.

„Ja, Francois und Didier sind ziemlich begabt." Er zwang sich zu lächeln.

„Ich weiß ja nicht." Elsa verzog das Gesicht. „Dabei werden sie sicher furchtbar schmutzig. Es ist doch wirklich keine Arbeit für Königskinder, oder?"

„In einer königlichen Familie mit einer Tochter und sieben Söhnen gibt es genug Ersatz für Kronprinzen." Laurent spürte wie seine Geduld nachließ. „Wenn sie gerne mit Maschinen arbeiten, wird ihnen das niemand verbieten."

„Dann können sie von Glück reden, dass ich nicht ihre Mutter bin." Elsa schnippte eine Strähne ihrer sorgfältig hochgesteckten blonden Haare zurück und klapperte mit den Wimpern. „Übrigens, willst du viele Kinder haben, wenn du König wirst?"

„Mit der richtigen Ehefrau ist mir das ganz gleich." Das war die diplomatischste Antwort, die ihm einfiel. Es kostete ihn größte Mühe, nicht ‚Das geht dich nichts an, blöde Kuh' zu schreien. Ein stolzes Lächeln seiner Mutter belohnte ihn, und er fühlte sich sofort besser.

„Von mir kann mein zukünftiger Mann nur einen Erben erwarten. Das ist alles." Elsa zeigte auf die offenen Hangartüren und sprach zu den königlichen Familien hinter sich. „Dürfen Laurent und ich einen Spaziergang im Park machen? Das Wetter ist so schön und dieser Hangar ziemlich stickig."

Laurent ließ den Blick durch die riesige Halle mit je einem großen Doppeltor an den Enden wandern. Beide Tore waren weit offen, und eine warme, sommerliche Brise zog sanft durch die Halle und spielte mit der Takelage der Luftschiffe. Es war nicht im Geringsten stickig, also war Elsas Bitte wohl nur eine faule Ausrede, um dem langweiligen Nachmittag zu entkommen. Das konnte er verstehen. Vielleicht würde er die Kopfschmerzen los, wenn er in die Sonne ging. Ihm kam es beinahe so vor, als würde der Schmerz schon besser, so dass er nickte.

„Das würde mir zusagen." Die Worte hatten seinen Mund kaum verlassen, da fragte er sich, warum er das gesagt hatte.

„Ich möchte noch nicht gehen." Elsas Bruder stand mit gespreizten Beinen da, die Hände hinter dem Rücken gefaltet. „Ich finde die Luftschiffe faszinierend und möchte mehr sehen."

Die Erwachsenen blickten einander an. Am Ende zuckten sie mit den Schultern, und Laurents Vater sagte: „Wenn ihr das möchtet, seid ihr frei zu gehen."

Laurent liebte diese Worte, besonders weil er sie gerne wörtlich nehmen würde. Mit einem breiten Lächeln verließ er den Hangar mit der ausländischen Prinzessin an seiner Seite. Er führte sie in den Garten. Dort gab es eine nette Bank nahe des Sees, wo er sie lassen konnte. Es würde ihr dort sicher gefallen, und der Weg zum Schloss war leicht zu finden, da er beide direkt verband.

Als sie sich anmutig auf die Bank niederließ, tätschelte sie den Sitz neben sich. „Setz dich zu mir, Laurent. Da unsere Königreiche nebeneinander liegen, habe ich entschieden, dass du einen großartigen Ehemann abgeben wirst. Also möchte ich dich etwas besser kennenlernen."

„Ehemann?", Laurent trat einen Schritt zurück. „Ich bin noch nicht bereit zu heiraten."

„Aber darum dreht sich doch dieser ganze Besuch." Wieder klapperte sie mit den Wimpern. „Haben es dir deine Eltern nicht gesagt? Um unsere Königreiche zu vereinen, werden wir nach ihrer Rückkehr heiraten."

Zum ersten Mal seit die Besucher angekommen waren, schaute Laurent in ihre Augen. Sie waren von einem wässerigen Blau, das ihn an Eis erinnerte, und er zitterte. Die Kopfschmerzen intensivierten sich, und es fiel ihm schwer zu denken. Trotzdem wusste er genau, was er nicht wollte.

„Ich habe nicht vor, in nächster Zeit irgendjemanden zu heiraten." Er nahm Reißaus. *Dieses Mädchen ist komplett verrückt. Auf keinen Fall werde ich ein Mädchen zur Frau nehmen, das ich nicht einmal kenne.* So schnell ihn seine Beine trugen eilte er zu den Ställen. Vielleicht würde der Frieden dort seine Kopfschmerzen heilen und ihn die Prinzessin wenigstens für eine Weile vergessen lassen.

Als Laurent den Hangar verließ, überlegte Michelle für einige Sekunden, ob sie ihm folgen sollte. Mit dieser ausländischen Prinzessin stimmte irgendetwas nicht, obwohl sie ihren Finger nicht darauf legen konnte. Aber dann trat der ausländische Kronprinz zum nächsten Luftschiff, und sie drehte sich wieder zu ihm um. Sie rutschte ein Stück vor, um ihn besser sehen zu können. Die Metallbrücke über den Luftschiffen war das beste Versteck aller Zeiten.

„Dieses gefällt mir am besten", verkündete der Prinz. Der Techniker nickte.

„Sie haben ein gutes Auge, mein Herr. Michelle Eins ist der schnellste Flieger, den wir haben."

Michelle versuchte, nicht selbstgefällig auszusehen, auch wenn Michelle Eins bisher ihre beste Arbeit war. Sie fragte sich, was der Techniker sagen würde, wenn sie ihm ihr neues Raubvogel Design zeigte. Die für eine Person ausgelegten, motorisierten Gleiter würden es Boten erlauben, in einer viel kürzeren Zeit weit entfernte Ziele zu erreichen. Sie träumte mit offenen Augen vor sich hin und verpasste beinahe, dass ihre Familie mit den Gästen den Hangar verließ.

Eilig huschte sie auf Zehenspitzen zu der Leiter, die sie von der erhöhten Metallbrücke wieder zum Boden bringen würde. Es war nicht leicht, sich auf dem Metallgerüst lautlos zu bewegen. Aber sie hatte es lange genug geübt, so dass sie den Boden erreichte, kaum dass der Hangar leer geworden war. Sie blieb nahe am Tor stehen, während sie sich nach den

Besuchern umsah. Sie waren auf dem Weg zu den Gärten. Großartig. Das war der perfekte Ort um ‚ganz aus Versehen‘ zu ihnen zu stoßen. Michelle eilte zu einer der Seitentüren und marschierte über einen gepflegten Rasen auf den zentralen See zu. Sie war sich sicher, dass ihre Familie dorthin gehen würde, da es der schönste Teil des Gartens war. Der Pfad, den sie gewählt hatte, würde sie zum Seeufer bringen und es für die Besucher so aussehen lassen, als wäre sie auf ihrem eigenen Spaziergang über sie gestolpert.

Michelles Herz schlug bei dem Gedanken schneller, dem Prinzen näher zu kommen. *Vielleicht küsst er sogar meine Hand. Er muss schon beinahe erwachsen sein.* Ein wohliger Schauer lief ihr über den Rücken. Als sie den See erreichte, saß die andere Prinzessin bereits auf der Bank, und blickte den sich nähernden königlichen Familien entgegen.

„Wo ist Laurent?", fragte Michelles Mutter.

„Er ist gegangen, aber ich denke, das war meine Schuld." Die Prinzessin hob kokett den Kopf. „Ich informierte ihn über die geplante Hochzeit, und er rannte davon."

„Welche Hochzeit?" Die Königin wirkte für einen Augenblick verwirrt, doch dann kehrte ihr Lächeln zurück. „Natürlich. Deine Hochzeit mit meinem ältesten Sohn. Wir haben bereits alles vorbereitet. Sobald wir von unserer Reise zurück sind, vereinigen wir durch euch unsere Königreiche."

„Er wird allerdings eine Weile brauchen, sich mit der Idee anzufreunden", fügte der König hinzu. „Aber sei versichert, dass er mit der Ehe einverstanden sein wird."

Michelle runzelte die Stirn. Das klang kein bisschen nach ihren Eltern. Etwas war hier wirklich seltsam. Statt näher zu treten, versteckte sie sich in den Büschen und beobachtete die Gruppe, aber der Rest des Gesprächs drehte sich nur um unwichtige Themen und Reisevorbereitungen. Als sich alle erhoben, um zum Mittagessen zu gehen, war Michelle genauso klug wie zuvor.

Nachdem Laurent seinen Hengst gefüttert hatte, presste er sein Gesicht gegen die Mähne. Der Geruch beruhigte seine Nerven immer. So stand er und genoss gelegentliches Stupsen oder Prusten des Tiers, bis es Zeit zum Mittagessen wurde. Königliche Pflichten. Wie er sie hasste. Mit einem Seufzer verließ er den Stall und ging zum Speisezimmer. Bestimmt würden seine Eltern ihn nicht zwingen, Elsa zu heiraten. Es war ja nicht so, als würde er sie hassen — jedenfalls nicht besonders stark — aber sie kannten einander nicht einmal. Er konnte doch keine Fremde heiraten. Seine Eltern mussten das einsehen. Vielleicht könnte er etwas mehr Zeit herausschlagen, so dass er die guten Seiten seiner Zukünftigen entdecken konnte. Braut … Das Wort sandte ihm Schauer über den Rücken.

Als er das Zimmer betrat, waren nur Michelle und Albert, sein jüngster Bruder, dort. Der Fünfjährige lief zu ihm und umarmte seine Hüfte.

„Laurent, ich will reiten", sagte er. Sein hellbraunes Haar stand wild in alle Richtungen ab.

„Hast du deine Hände gewaschen?" Laurent lächelte.

„Na klar!"

„Aber die Haare hast du nicht gekämmt." Laurent nahm Platz, setzte den Jungen auf seine Knie und ließ ihn darauf traben.

„Ihihich hattttte keiheine Zeit." Albert kicherte, aber Laurent schaute zu Michelle. Sie stand starr da und beobachtete ihn mit einem verbissenen Lächeln.

„Stimmt was nicht?", fragte er.

„Sie werden dich nach ihrer Rückkehr mit dieser Prinzessin verheiraten." Michelle lehnte sich gegen die Wand und kreuzte die Beine. Ganz in Leder gekleidet, wirkte sie wie ein Junge mit zu langen, braunen Haaren. „Etwas ist faul daran. Es sieht unseren Eltern überhaupt nicht ähnlich, einen von uns zu einer Ehe zu zwingen."

„Sie wissen über die Hochzeit Bescheid?" Laurents Augen weiteten sich. „Ich dachte, das wäre alles Elsas Idee und die ihrer Eltern."

„Nein." Michelle ging zu ihrem Platz. „Sie sind alle dabei. Es ist, als wären sie hypnotisiert."

Die Tür öffnete sich, und das königliche Paar und seine Besucher traten ein, gefolgt von der üblichen Unruhe der Dienerschaft. Bald wurden schmackhafte Vorspeisen, kleine Sandwiches und Obststücke auf silbernen Platten herumgereicht, und Wein oder Saft strömte in silberne Pokale. Alles war viel feiner als das übliche Mittagessen, aber es war auch ruhiger, da fünf seiner Brüder noch nicht von der Jagd zurück waren. Laurent blieb still und beobachtete, wie die anderen die Köstlichkeiten genossen. Elsa hatte offensichtlich beschlossen, den Wünschen ihrer Eltern nachzukommen, denn sie blieb an seiner Seite, als wäre sie angeklebt. Sie redete über Steuern auf Korn, die Schmuckpreise, und die Schwierigkeit, einen guten Koch zu finden. Er hätte sie am liebsten erwürgt, beherrschte sich aber. Es war ja nicht ihre Schuld, dass sie ein verwöhntes, langweiliges Biest war.

„Laurent", sagte sein Vater nach einer Weile. „Ich möchte, dass du mit Elsa ausreitest. Sie interessiert sich für unseren Wildpark."

„Natürlich, Vater." Laurent verbeugte sich steif und versuchte, seinen Ärger hinunterzuschlucken. Er sah kurz zu Michelle, aber die Aufmerksamkeit seiner Schwester galt dem ausländischen Prinzen. Laurent wurde sich bewusst, dass er nicht einmal seinen Namen kannte. Na ja, wenn der Kerl seiner Schwester auch nur im Geringsten ähnlich war, würde Laurent seine Zeit nicht mit Fragen vergeuden. Er stellte seinen Teller ab und bot Elsa seinen Arm. „Möchten Sie jetzt gehen?"

„Ich wäre hocherfreut." Sie legte ihre Hand wieder auf seine, und gemeinsam verließen sie das Zimmer. Draußen sagte sie: „Ich muss schnell in etwas schlüpfen, das fürs Reiten geeigneter ist. Wenn es dich nicht stört, treffe ich dich in zehn Minuten im Stall. Ich reite Damensattel."

Froh über die Pause wartete Laurent auf seine Schwester und seinen Bruder. Michelle verließ das Zimmer mit einem ziemlich idiotischen Gesichtsausdruck, weich und verträumt. Er lachte.

„Mensch, der Junge muss ja einen ziemlichen Eindruck auf dich gemacht haben", sagte er und nahm Alberts Hand.

„Der Name dieses Jungen ist Jorge." Die Art, wie Michelle dies sagte, machte klar, dass sie Laurent nicht auf ihren Gefühlen herumtrampeln lassen würde.

Er kannte den Tonfall gut genug, also sagte er nur noch: „Ich hoffe nur, dass er weniger langweilig ist als seine Schwester."

„Darüber wundere ich mich auch." Michelle nahm Alberts freie Hand, und sie gingen zusammen zum Stall. „Aber als wir miteinander redeten, war er … Ich weiß nicht, wie ich das erklären soll … für mich war es perfekt."

„Er hat mir erklärt, wie man Bockspringen spielt", sagte Albert. „Ich werde es gleich nachher mit meinen Freunden versuchen. Du kannst mitmachen, Michelle."

Sie lächelte ihn an, und Laurent bemerkte, dass jetzt genauso viel Zuneigung in ihrem Blick lag wie vorhin, als sie Prinz Jorge angesehen hatte. Die Turmuhr schlug die halbe Stunde, und Laurent seufzte.

„Ich sollte besser los. Vater wird sauer, wenn ich die Prinzessin in den Ställen warten lasse." Er umarmte Albert, klopfte Michelle auf die Schulter und marschierte davon. Dabei fühlte er sich, als wäre er unterwegs zu seiner eigenen Hinrichtung.

Im Stall wählte er eine friedliche Stute für die Prinzessin und forderte einen der Stallburschen auf, sie fertig zu machen. Dann führte er seinen Hengst ins Freie, band ihn an einen der Ringe in der Wand und begann, ihn zu reinigen. Er arbeitete langsam, gründlich und methodisch. Die Routine entspannte seine Muskeln und beruhigte seinen Verstand. Als er fertig war, sattelte und zäumte er das Pferd und sah sich um. Die

Vorbereitung hatte beinahe eine halbe Stunde gedauert, aber die Prinzessin war immer noch nicht da. Nur die Stute, die er für sie gewählt hatte, stand fertig vorbereitet an einen Ring in der Nähe seines Hengstes gebunden. Laurent beschloss gerade, einen Diener loszuschicken, der die Prinzessin holen sollte, als Elsa die Hauptstufen des Schlosses herunterschwebte und auf die Wachen zuging. Ihre Finger umklammerten das Ohr einer Magd, die vor Schmerz weinte.

Laurent runzelte die Stirn und ging hinüber, um herauszubekommen, was los war.

„Dieses Mädchen hat absichtlich mein bestes Kleid zerrissen." Elsas wütendes Gebrüll hallte über den ganzen Hof, und alle hielten inne, um sie und das weinende Mädchen anzusehen. „Steckt sie für eine Woche ins Verlies. Ohne Nahrung."

„Es war ein Unfa–" Das Mädchen schrie auf, als die Prinzessin an ihrem Ohr riss.

„Lügnerin!"

Der Wächter wirkte besorgt. Sein Blick flackerte von der Prinzessin zu Laurent und zurück. Laurent nickte ihm zu, und mit sichtbarer Erleichterung grüßte er knapp und marschierte davon.

„Wir handhaben die Dinge hier anders", sagte Laurent zu Elsa, nahm ihre Hand und zwang ihre Finger auseinander.

„Wie kannst du es wagen?" Die Prinzessin schoss herum, das Gesicht vor Wut verzerrt. Aber als sie sah, wer mit ihr redete, entspannten sich ihre Muskeln und sie lächelte. „Oh, Laurent, Liebling. Selbstverständlich machen wir es so, wie du es willst. Aber das Mädchen muss bestraft werden. Mein Kleid ist ruiniert."

„Es ist nur ein winziger Riss in der Spitze", sagte das Mädchen, noch immer schluchzend. „Er kann leicht repariert werden. Meine Mutter ist –"

„Du kannst gehen." Laurent unterbrach sie und wendete sich dann an Elsa. „Wir werden Euer Kleid rechtzeitig für die

Abreise flicken lassen. Wenn sie jedoch auf einem neuen Kleid bestehen, wird das Finanzministerium die notwendigen Kosten übernehmen. Jetzt lassen Sie uns ausreiten, bevor ich meine Meinung ändere."

Die Augen der Prinzessin funkelten herausfordernd, aber ihr Lächeln blieb süß, während sie ihm zum Stall folgte. Er half ihr auf ihr Pferd und stieg dann auf seinen Hengst. Schweigend ritten sie aus den Toren des Palasts durch die Stadt auf den Wald zu. Als sie von der Hauptstraße abbogen, trieb Elsa ihre Stute in den Galopp.

„Fang mich, wenn du kannst."

Laurent rollte die Augen und trieb sein Pferd an. Der Hengst brauchte keine große Aufforderung. Es flitzte los und holte die Stute in kürzester Zeit ein. Laurent sah über seine Schulter, als sie vorbeipreschten. Elsas Stirn runzelte sich, und sie benutzte die Peitsche, um die Stute stärker anzutreiben. Laurent verlangsamte seinen Hengst vom Galopp zu einem Trab, und dann hielt er an. Elsa stoppte ebenfalls.

„Stimmt was nicht?" Ihr Ton war jetzt viel unfreundlicher als zuvor.

Wortlos zeigte Laurent auf die blutigen Striemen auf den Flanken der Stute.

„Na und? Es ist nur ein Tier, und sie war nicht schnell genug."

Laurent redete nicht. Er war sich sicher, dass er sonst nicht ruhig bleiben würde, also riss er ihr einfach die Zügel aus den Händen und ritt langsam zurück zur Stadt. Mit jeder Minute, die sie schweigend ritten, kehrten die Kopfschmerzen zurück, die er am Morgen gespürt hatte, und wurden stärker. Laurent zwang sich, sie zu ignorieren. Sein vor Wut kochendes Blut war genug, die Schmerzen in Schach zu halten.

In dem Augenblick, als sie auf dem Hof ankamen, hielt er an. Ohne die Prinzessin anzusehen sagte er: „Steig ab."

Beißender Schmerz schoss durch seinen Kopf, und er schloss für einen Moment die Augen, um damit fertig zu werden. Er hatte keine Zeit für Kopfschmerzen. Er würde mit seinen Eltern reden müssen. Und zwar bevor Elsa sich eine Geschichte ausdenken konnte. Er konzentrierte sich auf das, was er sagen wollte.

„Geh in dein Zimmer und bleibe dort, bis es Zeit zum Abendessen ist. Und wage es nie wieder, mir oder einem unserer Pferde nahe zu kommen." Seine Kopfschmerzen verschlimmerten sich mit jedem Wort, das er sprach.

„Das wird dir noch leid tun." Elsas Stimme war leise und kratzig vor kaum kontrollierter Wut. Und sie erklang nur in seinem Kopf. „SIEH MICH AN!"

Sein Oberkörper fuhr herum, und sein Blick tauchte in ihren. Eine Welle aus Schmerz rollte seine Wirbelsäule hinunter, als würde glühendes Eisen über seinen Rücken gezogen. Laurents Mund bewegte sich ohne sein Zutun und versuchte, Worte zu bilden. Mit aller Kraft, die er aufbringen konnte, presste er seine Lippen aufeinander. In seinem Kopf schrie die Prinzessin frustriert auf. Raus aus meinem Kopf! Laurent versuchte, seine Augenlider zu schließen, um den Augenkontakt zu unterbrechen, aber seine Muskeln gehorchten ihm nicht. Er atmete tief ein, nahm seine Kraft zusammen und trat seinem Hengst in die Flanken. Das Pferd stieg, und Laurents Blick war wieder frei. Erleichtert bemerkte er, dass die Kopfschmerzen aufgehört hatten, und seine Muskeln ihm wieder gehorchten.

„Wage ja nicht, das noch einmal zu tun", sagte Laurent und sah absichtlich die Stute und nicht die Prinzessin an. „Wenn du je wieder am Verstand eines Menschen herumspielst, werde ich dich als böse Hexe anklagen, und du weißt, was die Leute mit bösen Hexen in eurem Königreich machen."

Die Prinzessin schnaufte, schwieg aber. Langsam stieg sie von ihrem Pferd.

„Wachen!", rief Laurent, und zwei Männer kamen angerannt. „Bringt sie auf ihr Zimmer und stellt sicher, dass sie dort bis zum Abendessen bleibt. Und seht ihr auf keinen Fall in die Augen."

„Ich schwöre bei allem, was ich bin, dass du das hier bedauern wirst." Elsas Stimme war kaum hörbar, aber dieses Mal benutzte sie ihren Mund, um zu sprechen. Laurent nahm das als Zeichen, dass seine Drohung ernst genommen wurde.

Als die Wachen mit ihr davongegangen waren, brachte er die Pferde zurück in den Stall und überließ sie den fähigen Händen des Stallmeisters, bevor er sich auf den Weg zu seinen Eltern machte.

In Laurents Zimmer sah Michelle ihrem jüngsten Bruder und seinen beiden Freunden zu, die Kupfermünzen mit Hilfe einer zweiten Münze gegen die Wand schnippten. Der, dessen Münze der Wand am nächsten liegen blieb, durfte alle Münzen einsammeln und behalten. Die drei Jungen hatten bereits mehrere Stunden gespielt, und so hatte sich Michelle aufs Sofa gelegt, mit offenen Augen von Prinz Jorge geträumt und so getan als würde sie lesen.

Eine Magd trat mit einem Krug in der Hand ein.

Von der Störung genervt, runzelte Michelle die Stirn. „Ich dachte, du wärst hier fertig."

„Es tut mir leid, Mylady. Ich habe vergessen, das Trinkwasser aufzufüllen." Das Mädchen knickste. Ihr Blick wirkte gehetzt, so dass sich Michelle fragte, wie viel zusätzliche Arbeit die Besucher tatsächlich mit sich brachten. Ihr Ärger verrauchte.

„Das passiert den Besten." Lächelnd legte sie ihr Lesezeichen auf die Seite, die sie nicht gelesen hatte, und schloss das Buch.

Das Mädchen ging zum Tisch und füllte die leere Wasserkaraffe, auf der Laurent immer bestand. Auf dem Weg zur Tür sah sie die Jungen an und sagte: „Es tut mir leid, Prinz Albert, aber die Köchin braucht ihre Söhne. Könntet Ihr sie für einen Moment entbehren?"

Albert sprang hoch. „Kriegen wir Kekse?"

„Ich fürchte nicht. Sie muss nur einmal mit ihnen reden." Das Mädchen lächelte. „Sie werden bald zurück sein."

„Na gut." Albert klang sofort gelangweilt. „Kann ich dann wenigstens ein Glas Wasser haben?"

„Natürlich." Das Mädchen füllte ein Glas und gab es ihm, bevor sie ging. Mit verbissenen Gesichtern folgten ihr die beiden Jungen. Es war offensichtlich, dass sie nicht gerne von ihrer Mutter gerufen wurden. Michelle musste ihr Grinsen unterdrücken.

Sie hatten die Tür kaum hinter sich geschlossen, als sie wieder aufsprang und Laurent hereinstürmte. Er war eindeutig erregt.

„Ich bringe dieses Mädchen um." Er schlug die Tür hinter sich zu, bevor er Michelle bemerkte. „Oh du bist hier? Ich dachte, ihr wärt in Alberts Zimmer."

„Sie putzen gerade die Zimmer der Jungen. Deines war als einziges bereits fertig." Michelle saß auf. „Was ist los?"

„Die Prinzessin ist eine Hexe." Laurent erklärte, was bei dem Ausritt geschehen war. „Sie muss unsere Eltern verzaubert haben, denn sie bestehen immer noch darauf, dass ich sie heirate."

„Jorge sagte auch, dass mit seiner Schwester seit ihrem Unfall etwas nicht in Ordnung ist."

„Unfall?"

„Vor ein paar Wochen sind sie ausgeritten, um zu picknicken, und sie verschwand im Wald. Als ihr Pferd ohne sie zurückkam, wurde natürlich nach ihr gesucht. Man fand sie bewusstlos. Sie hatte sich den Kopf an einem Zweig gestoßen."

„Vielleicht ist sie von einer Waldhexe verzaubert worden, und jetzt ist sie die Marionette dieser Hexe."

„Kann ich noch was trinken?" Albert stand neben dem Tisch und zeigte auf die Wasserkaraffe. Er durfte sie nicht alleine berühren. Da Laurent in Gedanken versunken zu sein schien, ging Michelle an seiner Stelle hinüber und füllte das Glas für Albert.

„Leider können wir sie nicht einfach verbrennen. Das würde ihre Eltern entsetzen." Laurent ging im Zimmer hin und her. „Wir müssen die Hexe finden, die sie beherrscht."

„Wie sollen wir das machen?" Michelle stellte die Karaffe ab und drückte ein Glas mit Wasser in Laurents Hand. Allein das Festhalten, würde ihn zwingen, langsamer zu gehen. „Vielleicht hat Jorge eine Idee, was wir tun könnten", schlug sie vor. Ihr Herz hämmerte wie verrückt in ihrer Brust, und sie wusste nicht, ob sie den Mut hätte, wirklich zu dem Prinzen zu gehen und ihn zu bitten, in Laurents Zimmer zu kommen. In diesem Moment klopfte es an der Tür, und Laurent riss sie auf. Jorge stand davor.

„Ich bedauere es sehr, Sie stören zu müssen, mein Herr. Aber meine Schwester tobt in ihrem Zimmer, und ich konnte kein vernünftiges Wort aus ihr heraus bekommen. Wären Sie so freundlich, mir die Situation zu erklären?" Er sah trotz des Stirnrunzelns und der Hand auf dem Heft seines Dolchs verdammt gut aus. Michelles Herz schmolz dahin, und sie seufzte.

„Eure Schwester misshandelte eines unserer Pferde, und ich verbot ihr, sich den Ställen je wieder zu nähern. Kommt doch herein." Laurent gab Jorge, der sich sichtlich entspannte, sein Glas Wasser, schloss hinter seinem Gast die Tür und ging, um sich frisches Wasser zu holen.

Die Tür knallte gegen die Wand, als sie wild aufgerissen wurde. *Arme, misshandelte Tür,* dachte Michelle und trat beiseite, da ihre Brüder hereinstürmten. Die Zwillinge Didier und Francois waren die Ersten, die den Tisch erreichten. Sie stießen Laurent beiseite, der beinahe sein Wasser verschüttete.

„Ich sagte doch, dass er welches haben würde", sagte Didier.

„Ich zuerst."

„Nein, ich. Ich bin durstiger als du."

„Nein, ich bin durstiger."

Sie versuchten, einander daran zu hindern, die Karaffe zu nehmen. Während sie kämpften grinste Jerome, nahm die Karaffe und füllte zwei Gläser – eins für sich, das andere für seinen Bruder Réné.

„Es ist sowieso nicht genug für uns alle da." Pierre drehte sich um und ging zur Tür zurück. „Ich hole Nachschub."

Jerome füllte zwei weitere Gläser und drückte sie Didier und Francois in die Hände. „Prost", sagte er und trank.

„Mir ist so komisch." Albert stolperte vorwärts und hielt seinen Magen. Michelle lief zu ihm und fing ihn auf, als er in ihre Arme fiel. Sein ganzer Körper zitterte, und er würgte, aber nichts kam.

Michelle streichelte seine Stirn und rief ihren anderen Brüdern zu. „Da ist Gift im Wasser. Nicht trinken!"

Das Zimmer wurde unheimlich still. Dann klappte Jorge zusammen, gefolgt von Laurent. Sie würgten auch, wieder ohne etwas auszuspucken. Michelle starrte Albert an, dessen Arme und Beine wie die Zweige eines Baums in einem Sturm zitterten. Sie bemerkte zunächst nicht, dass sie sich veränderten, aber als die ersten Federn aus seiner Haut sprossen, verstand sie.

„Die Hexe!" Ihre Hände wurden kalt, als sie sah, dass sich all ihre Brüder verkrampften und würgten. Alberts Beine schrumpften, ihm wuchsen Schwimmhäute, und sein Hals wurde länger. Sein Gesicht blieb am längsten normal. Doch dann begann ein gelber Schnabel zu wachsen.

Ich muss etwas tun! Michelle sah sich um und kämpfte gegen den Knoten in ihrem Hals. Soll ich es Vater sagen? Dann erinnerte sie sich daran, dass Laurent davon ausging, dass ihre Eltern ebenfalls unter dem Bann der Hexe standen. Im Augenblick war es am besten, einen sicheren Ort zu suchen und sich zu verstecken.

„Wir müssen zu meinem Luftschiff." Sie legte den zuckenden Albert auf den Boden. „Ihr verwandelt euch in Vögel, und Vögel können fliegen." Sie öffnete ein Fenster. „Ich weiß, dass ihr gegen die Hexe kämpfen wollt, aber wir sollten zuerst ein sicheres Versteck finden. Denkt daran, was der Kaplan immer sagt: ‚Man kann einen Krieg nicht ohne eine gute Strategie gewinnen.' Deshalb sollte unser erstes Ziel ein sicheres Versteck sein."

Albert krächzte. Michelle zwang sich, sich umzudrehen und ihre Brüder anzusehen. Die meisten steckten mitten in der Verwandlung – weiße Federn flogen im Zimmer herum und bedeckten Beine, Flügel, Arme und schwarze Schwimmfüße. Albert war der erste, der sich komplett verwandelt hatte. Grau und verzweifelt, ließ er seine flauschigen Flügel und den kleinen Kopf an dem langen Hals hängen. Michelles Augen weiteten sich.

„Ihr werdet Schwäne!" Sie hob Albert auf, der eindeutig noch nicht würde fliegen können, und hastete zur Tür. „Trefft mich am Hangar", rief sie den anderen über ihre Schulter zu. „Schnell!"

Als der Schmerz abklang, versuchte Laurent, sich aufzusetzen. Es gelang ihm nicht, also kämpfte er sich auf die Füße. Er drehte seinen unglaublich langen, beweglichen Hals in alle Richtungen und stellte fest, dass sich all seine Brüder und sogar der ausländische Prinz in Schwäne verwandelt hatten.

„Mensch, war das heftig." Didiers Worte klangen wie ein Krächzen, aber Laurent verstand ihn.

„Das muss eine ziemlich begabte Hexe gewesen sein." Jerome zappelte, bis er stand, und schlug mit seinen Flügeln, um ihre Stärke zu testen. „Wir leben in einem der modernsten Königreiche dieses Kontinents. Es sollte nicht möglich sein, dass eine Hexe einen so starken Zauberspruch beherrscht."

„Lasst sie uns zur Strecke bringen und verbrennen." Francois flatterte auf den Tisch. Die Karaffe zerbrach und bespritzte ihn mit dem verfluchten Wasser.

„Wir wissen nicht wo sie ist, und was sie sonst noch alles zaubern kann", sagte Réne. „Wir sollten auf Michelle hören."

„Das sehe ich genauso", sagte Jorge. „Wir sollten uns verstecken, bis wir mehr über diesen Zauber wissen."

Alle wandten sich Laurent zu und warteten auf seine Entscheidung. Er wollte gerade etwas sagen, als er vom Flur her Elsas Stimme hörte.

„Tötet diese dreckigen Vögel. Sie ruinieren das Zimmer des Prinzen."

„Alle raus!", rief Laurent und schlug mit den Flügeln. Zu seiner großen Überraschung hob er sofort ab. Es dauerte weniger als eine Sekunde, um zu begreifen, wie er seine Flügel bewegen musste. Es war, als wisse sein Körper instinktiv, wie er dorthin kam, wo er hin wollte. Er schoss durch das Fenster, gefolgt von sechs großen, weißen Schwänen.

„Whoopie!" Didier stieg an ihm vorbei hoch in den Himmel. „Das ist unglaublich!"

Laurent folgte ihm.

Bumm! Eine Kugel surrte an seinem Ohr vorbei.

„Höher!" Er strengte seine Flügel an, um so hoch wie möglich zu steigen, und die anderen folgten. Eine weitere Kugel verpasste ihn um Haaresbreite. Francois zuckte zusammen und ein paar Federn segelten zu Boden, aber es gelang ihm mitzuhalten.

Laurent blickte zum Fenster seines Zimmers hinunter und fragte sich, wie viele Wachen Elsa wohl rekrutiert hatte, um auf sie zu schießen. Pierre stand im Fenster, und zielte erneut. Elsa hing an seinem Arm und zeigte in die Höhe. Laurent blickte zum Hangar, wo Michelle mit Albert in ihren Armen durch die Türen lief. Der junge Schwan behinderte sie beträchtlich. Laurent fürchtete, dass sie nicht genug Zeit hatte, um zu fliehen. Schließlich dauerte es eine Weile, um einen Motor so aufzuwärmen, so dass er während des Gebrauchs nicht explodierte.

Bumm! Dieses Mal spürte Laurent den Luftzug der Kugel, der an seinem Rücken entlang strich.

„Höher!", rief er erneut, und alle gehorchten. Er fühlte sich wie ein Verräter, weil er Michelle und Albert zurückließ, aber er konnte ihnen nicht helfen. Doch vielleicht konnte er ihnen genug Zeit verschaffen, wenn es ihm gelang, Pierre dazu zu bringen, ihm in eine falsche Richtung zu folgen.

„Wenn wir in den Wolken sind, fliegt ihr nach Norden", sagte er zu Jerome. „Sucht einen sicheren Ort und passt auf, dass Michelle euch finden kann, aber niemand sonst."

„Was ist dein Plan?" Jerome flog näher. „Kommst du nicht mit?"

„Ich versuche, die Hexe davon zu überzeugen, dass wir in eine andere Richtung fliegen."

„Du kennst die Hexe?"

„Das ist eine lange Geschichte, und ich erzähle sie euch, wenn wir uns wiedersehen." Laurent blieb eben unter der Wolkendecke und beobachtete, wie seine Brüder und Jorge höher und höher flogen. Dann drehte er ab und begann Kreise zu ziehen, damit er besser sehen konnte, was am Boden los war.

Ein kleiner Flieger, der ganz anders aussah als die anderen Luftschiffe, schoss aus dem Hangar. Durch das gläserne Dach konnte er Albert an einem Sitz angeschnallt sehen. Michelle saß hinter ihm auf einem zweiten Sitz. Das kleine Fluggerät hatte vorne einen Propeller, der sich sehr schnell drehte, und Flügel auf beiden Seiten. Es wirkte wie ein plumper Vogel. Laurent glaubte nicht, dass es fliegen konnte, aber Michelle hatte ihn schon mehrfach überrascht.

Die Maschine rollte über den unebenen Hof des Palastes. Die Menschen sprangen beiseite, schrien und fluchten. Hätte er noch einen Mund, hätte Laurent gelächelt. Dafür schrie er jetzt.

Die geflügelte Maschine hüpfte und sprang in die Luft. Sie flog. Michelle zwang sie zu einer engen Kurve, um der Wand des Westflügels auszuweichen, und dann stieg sie auf. Laurent schrie seine Freude heraus. Seine kleine Schwester war selbst eine Zauberin, wenn auch ganz anderer Art – sie war eine äußerst begabte Mechanikerin. Während der kleine mechanische Vogel zu den Wolken hinaufstieg, bemerkte Laurent seinen Bruder Pierre, der mit Elsa im Schlepptau und der Jagdwaffe in der

Hand aus dem Palast zum Hangar rannte. Er rief der Mannschaft der Michelle Eins Befehle zu und zeigte auf ihn.

Entweder hat ihn die Hexe belogen, oder er steht auch unter ihrem Bann. Laurent drehte nach Süden ab und stieg höher. Das Luftschiff, das Pierre rekrutierte, hatte keine Chance, ihn einzuholen. Die Maschinen mussten langsam aufgewärmt werden, sonst riskierte Pierre eine Explosion. Laurent warf einen Blick zurück und vergewisserte sich, dass sein Bruder sah, in welche Richtung er flog. Seine List schien zu klappen. Leider folgten ihm Michelle und Albert in ihrem winzigen Flugapparat ebenfalls. Laurent fluchte leise. Er flog höher, bis er die Wolken durchbrach, und hoffte, dass dieses neumodische Luftschiff auch so hoch steigen konnte. Als Michelle durch die Wolken brach, glitt er dicht an ihre Seite und sprach so laut er konnte.

„Dreh nach Norden!", rief er. „Die anderen fliegen nordwärts. Ich versuche nur, Pierre und Elsa in die Irre zu führen."

Michelle zuckte mit den Schultern, um zu zeigen, dass sie nicht ein Wort verstanden hatte, aber offensichtlich hatte Albert keine Probleme damit. Sein jüngerer Bruder drehte den langen Hals und zwickte Michelle in die Hand, bis sie das Lenkrad drehte. Als der mechanische Vogel einen Bogen beschrieb, rief Laurent, und Albert hörte mit dem Zwicken auf. Als Michelle versuchte, die Maschine wieder neben Laurent zu bringen, begann er erneut. Michelle brauchte drei Versuche, um zu verstehen, dass sie in eine andere Richtung fliegen sollte.

„Norden?" Sie bewegte die Lippen überdeutlich.

Laurent versuchte zu nicken, was mit dem Wind, der ihm um die Ohren heulte nicht gerade leicht war, aber Michelle verstand. Ihr kleines Luftschiff drehte ab und glitt davon. Erleichtert tauchte Laurent wieder unter die Wolken.

Pierres Schiff war schon in der Luft, hing aber noch an einer Andockstange. Mehrere Besatzungsmitglieder, die mit Ferngläsern bewaffnet waren, zeigten in seine Richtung. Laurent staunte darüber, wie weit er als Vogel gucken konnte. Die Welt schien so viel klarer. Er drehte nach Westen ab und flog schneller. Als er sicher war, dass ihn vom Schloss niemand mehr sehen konnte, flog er wieder in die Wolken und drehte um. Seine Ar… nein, Flügel … schmerzten etwas. Er fragte sich, wie schlimm es sich erst anfühlen würde, wenn er seine Brüder einholte.

"Das hast du gut gemacht, Albert. Ich bin wirklich stolz auf dich." Michelle zeigte an seinem Kopf vorbei. "Sieh nur, da sind sie. Wir haben sie beinahe eingeholt. Ich sagte ja, wir schaffen das."

Albert krächzte, und es klang zufrieden. Für eine lange Zeit flogen sie über sanft gewellte Hügel und Wäldchen. Sie überquerten mehrere Dörfer und versuchten dabei immer, außer Sicht zu bleiben. Als Laurent sie einholte, begannen die Schwäne, sich mit hupenden und krächzenden Geräuschen zu unterhalten. Michelle wünschte, sie könnte sie verstehen.

"Heh, sollten wir nicht langsam mal einen Platz für die Nacht finden?" Michelle zeigte auf die Sonne im Westen, die wie ein orangefarbener Ball über dem Horizont hing. Laurent schrie einmal kurz und übernahm die Führung. Die Vögel begannen, große Kreise zu ziehen, und Michelle folgte ihrem Beispiel. Mit einem besorgten Stirnrunzeln bemerkte sie, dass ihr langsam das Holzgas ausging, das sie als Treibstoff für ihre Maschine verwendete.

"Wir müssen bald landen, oder das Flugzeug stürzt ab", sagte sie. Albert flatterte mit den Flügeln und drehte den Hals, bis er sie ansehen konnte. Sie lächelte beruhigend. "Wir haben noch genug Treibstoff für eine halbe Stunde. Laurent wird sicher vorher etwas finden."

Zehn Minuten später näherten sie sich einem kleinen Dorf, das am unteren Hang eines steilen Hügels stand. Die Kuppe war mit Wald bedeckt. Den Rest der Landschaft füllten Felder oder einzelne Gehöfte. Da die Landschaft in der letzten Stunde fast überall ähnlich gewesen war, war sich Michelle sicher, dass sie keine geeignetere Stelle finden würden. Laurent schien das auch so zu sehen, denn er ging in den Sinkflug über.

Als sie näher kamen, entdeckten sie eine Kapelle mit einem kleinen See nahe des Waldes. Ein riesiger Friedhof breitete sich vor der Kapelle in Richtung Waldrand aus. Von oben betrachtet wirkte er wie ein Baum. Eine breite Allee führte aus der Kapelle bis fast zum Wald. In regelmäßigen Abständen zweigten kleinere Pfade in neunzig Grad Winkeln ab. Wie Äste führten sie zu den Seiten, wo weitere Wege abzweigten, die parallel zum Hauptweg in Richtung Wald führten. Sie erinnerten Michelle an Zweige, denn sie endeten stets an acht Gräbern. Die astähnlichen Wege mit ihren Zweigen bogen sich, wenn sie der Außenmauer nahe kamen und führten zu weiteren Gräbern. Die Gräber selbst waren von Büschen, Blumen und sogar Bäumen bedeckt. Obwohl gut gepflegt, schien der Friedhof nicht mehr benutzt zu werden. Die Hauptallee wäre eine großartige Landebahn. Michelle wendete ihr Luftschiff und flog darauf zu. *Ich sollte keine Schwierigkeiten mit dem Landen kriegen.* Aus den Augenwinkeln sah sie ihre Brüder und Jorge auf den See zuhalten. *Und ihnen sollte auch nichts passieren.*

In diesem Moment versank die Sonne hinter dem Horizont. Albert schrie, und Michelle zog das Luftschiff instinktiv in die Höhe. Sie sah sich um. Sechs menschliche Figuren rasten auf den Boden zu. *Es ist so typisch Hexe, dass der Fluch nur am Tag wirkt! Ich hätte das erwarten müssen.*

„Halt dich fest!", rief sie zum vorderen Sitz. So schnell sie konnte wendete sie ihr Flugzeug und sauste auf die fallenden jungen Männer zu. Glücklicherweise waren die meisten von ihnen schon ziemlich niedrig über dem See geflogen, so dass sie mehr oder weniger heil herunterkommen sollten. Nur Laurent und Jorge waren hoch über den anderen geblieben. Michelle vermutete, dass sie nach Gefahren Ausschau gehalten hatten.

Jetzt stürzten sie auf die Friedhofsmauer zu und hielten sich dabei an den Händen. Diese Geste schien ihren Fall ein wenig zu verlangsamen. Ohne darüber nachzudenken, zwang Michelle ihre Maschine in den Sturzflug. Kurz unterhalb der beiden Männer, zog sie die Nase des Luftschiffs wieder hoch und hoffte das Beste. Sie hatte den Zeitpunkt genau richtig abgepasst. Zwei dumpfe Schläge verrieten ihr, dass Laurent und Jorge irgendwo auf den Flieger geprallt waren. Sofort bekam das Luftschiff Schlagseite und zog nach links. Albert schrie wieder.

Sie müssen auf einem Flügel liegen, dachte Michelle. *Gequirlter Mist.*

Sie versuchte, das zusätzliche Gewicht abzufangen, indem sie der Kurve folgte, in die das Luftschiff eingebogen war. Langsam drückte sie die Maschine wieder gerade und korrigierte dabei die Flugbahn. Der Flügel ächzte unter der ungewöhnlichen Belastung. Sie hatte keine Zeit umzudrehen und auf dem Hauptweg zu landen; sie musste jetzt runtergehen oder einen unkontrollierten Absturz riskieren.

Michelle setzte alles auf eine Karte. Sie flog tiefer, bis die Räder das Gras berührten. Das Luftschiff buckelte und hüpfte über den unebenen Boden. Die Fahrt verlangsamte sich beträchtlich, aber nicht genug. Ein Ruck auf der linken Seite verriet, dass Laurent und Jorge losgelassen haben mussten. Vielleicht waren sie auch absichtlich gesprungen. Angestrengt gelang es ihr, das Flugzeug wieder auszurichten. Als sie versuchte, ein wenig nach links zu steuern, reagierte die Lenkung nicht mehr, ganz gleich wie stark sie zog. *Doppelter Mist.*

Die Außenmauer der Kapelle kam mit beunruhigender Geschwindigkeit näher. Michelle wusste, dass sie das Luftschiff nicht rechtzeitig anhalten konnte. *Wenn ich das überlebe, muss ich eine Bremse für Notfälle erfinden.* Sie legte den Motorkillschalter um. Das war eine der ersten Verbesserungen gewesen, die sie für Motoren erfunden hatte. In Notfällen flutete es die Brennkammer mit Wasser und reduzierte so das Risiko eines Feuers.

„Leg deinen Kopf zwischen die Knie, Albert", rief sie und folgte ihrem eigenen Rat. Leise betete sie zu jeder Gottheit, die bereit war zuzuhören. *Bitte hilf meinem Bruder. Bitte!*

Der Aufprall riss sie nach vorn, und ihr Sicherheitsgurt schnitt schmerzhaft in ihre Brust. Metall, Holz, Leder und Stoff flogen durch die Luft … und dann war da nur noch Schmerz. Ihr wurde schwarz vor Augen.

Laurent lief dem Luftschiff nach. Sein ganzer Körper schmerzte, aber nichts schien gebrochen zu sein. Nur etwas Blut tropfte von einem Schnitt an seinem Oberarm. Er merkte kaum, dass er laut nach Albert und Michelle schrie. Als das Schiff in die Mauer der Kapelle krachte, entwich irgendein Gas mit einem Rauschen. Laurent blieb stehen und hielt den Atem an, aber das Gas entzündete sich nicht.

Jorge blieb schnaufend neben ihm stehen. „Denkst du, sie haben überlebt?"

Wortlos trat Laurent näher zu dem Wrack und begann, sich durch den Berg aus verdrehtem Metall, Leder, Stoff und Holz zu graben. Immer schneller warf er die Trümmer beiseite. Da! Ein Fuß. Zu klein für Michelle.

„Ich hab' Albert", rief er den fünf tropfnassen Jungen zu, die über die Wiese auf ihn zu liefen. „Wir brauchen eine Trage. Er könnte verletzt sein." Mit äußerster Sorgfalt hob er die zerbrochenen Teile des Luftschiffs von seinem jüngsten Bruder. Albert war noch immer an seinem Sitz festgeschnallt und hatte sich wie ein Baby zusammengerollt. Er weinte schluchzend. Erleichterung flutete durch Laurent. Er war sicher, dass die Körperhaltung seinem Bruder das Leben gerettet hatte, denn ein verdrehter Balken aus Metall war knapp über seine gebeugten Schultern gedrückt worden und hatte sich in die ehemalige Decke gebohrt. „Alles wird gut, Albert. Bist du verletzt?"

Albert antwortete nicht.

„Ich habe Michelle. Sie lebt!" Jorges Stimme erklang rechts von Laurent, und seine Information war mehr als willkommen. „Aber sie blutet. Wir brauchen Verbandmaterial."

Mit fliegenden Fingern schnallte Laurent seinen jüngsten Bruder ab und betastete seinen Körper sanft. Als Albert nicht vor Schmerzen aufschrie, wagte er, ihn aufzuheben. Sofort legte Albert seine Arme um Laurents Hals und lehnte sein Gesicht gegen die Schulter seines Bruders.

„Ich werde nie wieder fliegen", sagte er. „Nie, nie, niemals."

„Sch—" Laurent tätschelte seinen Rücken und trug ihn zu seinen anderen Brüdern. Als er sie erreichte, begann er sofort, sie herumzukommandieren.

„Francois, finde eine leicht zu öffnende Gruft oder mach die Kapelle auf. Réné, geh die Trümmer durch und halte nach Michelles Notfallvorräten und den Decken Ausschau. Sie tut immer so ein Zeugs in ihre Schiffe, also muss es auch hier etwas geben."

Die beiden Brüder drehten sich um und liefen los.

„Jerome, Didier, sammelt, was auch immer ihr an Holz findet, und zündet ein Feuer an. Nehmt das Holz des kaputten Fliegers, wenn nötig. Geht nicht in den Wald; wir kennen seine Gefahren noch nicht."

„Auf der anderen Seite des Waldes ist eine große Stadt", sagte Jerome. „Ich habe sie von oben gesehen. Am Morgen könnten wir dorthin gehen und um Hilfe bitten."

„Das Dorf ist näher", sagte Didier.

„Am wichtigsten ist jetzt ein Feuer. Michelle ist verletzt, und wir können kaum etwas erkennen. Auch sind die Nächte schon ziemlich frostig. Also hört auf zu diskutieren und fangt an."

Die Brüder sprangen davon. Laurent trug Albert zur Mauer des Friedhofs und setzte ihn ab.

„Bist du tapfer genug, um hier zu bleiben, damit ich Michelle holen kann?"

Als Albert nickte, ging Laurent zurück zur Absturzstelle. Er fand Jorge vor, der Michelles Kopf hielt und mit Tränen kämpfte.

„Ich hätte ihr sagen müssen, wie sehr ich unsere Unterhaltung genossen habe", flüsterte er. Laurent legte ihm die Hand auf die Schulter.

„Weinen hilft ihr nicht. Lass uns zusehen, dass wir sie hier raus bekommen."

Jorge saugte an seiner Unterlippe und schob vorsichtig seine Arme unter Michelles Rücken. Sie jammerte. Laurent nahm ihre Füße. Obwohl seine Schwester recht groß für ihr Alter war, war sie schlank und nicht allzu schwer. Gemeinsam trugen sie sie zu Albert und legten sie auf den Boden.

Laurent versuchte herauszufinden, ob sie schlimm verletzt war, aber das Licht des zunehmenden Monds war nicht hell genug.

„Meinst du, dass wir jetzt Menschen bleiben?"

Bei seiner Sorge um Michelle hatte Laurent Jorge beinahe vergessen.

„Ich weiß es nicht. Aber lass uns Albert nicht beunruhigen." Er blickte zu seinem Bruder, doch der schlief. Der Tag war für den Fünfjährigen sehr anstrengend gewesen. Jorge zog seine Jacke aus und deckte Albert damit zu.

„Ich dachte nur, dass ich sicherstellen würde, dass sich meine Opfer in keiner der beiden Welten ganz zu Hause fühlen könnten, wenn ich eine Hexe wäre, die Leute in Tiere verwandelt."

Laurent musste zugeben, dass Jorge recht haben könnte. „Im Moment sind wir Menschen. Lass uns das Beste daraus machen."

„Ist mir recht. Ich habe mich nur gewundert." Jorge beugte sich vor und betrachtete Michelle. „Was glaubst du, wie schlimm sie verletzt ist?"

„Ich habe nicht die leiseste Ahnung, und ich kann sie nicht untersuchen, wenn ich nicht bald mehr Licht bekomme." Laurent beugte sich ebenfalls vor, bis sein Kopf beinahe Jorges berührte. Da war ein dunkler Fleck auf Michelles Brust, der Blut oder Motoröl oder irgendeine andere Flüssigkeit sein konnte, die bei Luftschiffen eingesetzt wurden. „Wo bleiben Jerome und Didier?"

Ein Licht erschien über ihnen und leuchtete auf die Gruppe hinab. Laurent sah nicht auf.

„Das hat aber gedauert", knurrte er. „Leuchte mal hierher, damit ich besser sehen kann." Das Licht kam näher, und Laurent studierte die Verletzung. Als er die klaffende Wunde in Michelles Brust und das blutverschmierte Hemd sah, fluchte er.

„Sie schafft es doch, oder nicht?" Jorge sprach so leise dass Laurent ihn kaum hörte, aber er war dankbar dafür, weil Albert die Wahrheit jetzt noch nicht erfahren sollte. Er schüttelte den Kopf und kämpfte gegen den Kloß in seiner Kehle.

„Sag es noch nicht den anderen", flüsterte er.

Das Licht schob sich zwischen ihn und Michelle. Erst jetzt fiel ihm auf, dass es kein gewöhnliches Licht war, wie das einer Fackel, die er erwartet hatte. Der Lichtball schwebte in der Luft, ohne von jemandem getragen zu werden, und sank auf Michelle zu. Was, wenn er sie verbrannte? Laurent musste ihn verjagen. Ohne darüber nachzudenken, griff er nach dem Licht. Es hielt an und erlaubte seinen Fingern, durch es hindurch zu streichen. Ein Kribbeln lief seine Arme hinauf und legte eine Welle aus Frieden über seinen Verstand. Er schloss die Augen. Eine weiche Stimme schien in seinem Kopf zu singen, und er sehnte sich danach, die Eigentümerin kennenzulernen. Als seine Schulter juckte, öffnete er die Augen wieder und sah hin. Seine blutige Wunde war verheilt. Sein Mund klappte auf.

„Du willst sie retten?" Der Lichtball antwortete nicht, aber er schwebte dichter zu Michelle. Er winkte ihn weiter. Schließlich hatten sie nichts zu verlieren. Michelle würde sterben, wenn die Hilfe des Lichts nicht ausreichte. Es senkte sich auf die Brustwunde und bedeckte sie.

Laurent fühlte sich wie in einem Traum. Ein surreales Licht in einer mondbeschienenen Nacht neben einem Friedhof … das Leben konnte nicht seltsamer werden als das, fand er. Ob das Licht ein Geist war? Eine Person, dazu verdammt, Gutes zu tun, bis eine alte Schuld bezahlt war? Oder war es eine neue Erfindung, von der er einfach noch nichts gehört hatte?

Jorge berührte seinen Arm.

„Sieh nur. Es heilt." Seine Stimme klang ehrfürchtig.

Laurent sah auch genauer hin. Es stimmte. Die Wunde schloss sich und blutete nicht länger. War das genug? Er hatte von Menschen gehört, die an einem zu hohen Blutverlust gestorben waren, und Michelle musste viel Blut verloren haben, wenn man den Zustand ihrer Kleidung berücksichtigte. Bestimmt gab es keinen Weg, diesen Verlust zu ersetzen. Zum ersten Mal seit sehr langer Zeit faltete er die Hände und betete wieder zu dem Gott seiner Vorfahren.

Nach einer Weile bemerkte er, dass das Licht schwächer wurde und dann ganz verschwand. Sein Herz fühlte sich an, als hätte jemand ein Stück herausgerissen.

„Warte!" Er griff nach der Stelle, wo es verschwunden war, als könne er es so zurückrufen. „Geh nicht."

Flackernd erschien es wieder, sichtlich erschöpft. Es schwebte höher und über die Mauer des Friedhofs. Dort ließ das Flackern nach. Der Friedhof schien das Licht zu stärken.

Michelle jammerte und setzte sich auf. „Aua! Mein Kopf bringt mich um." Sie griff mit beiden Händen danach. „Was ist passiert?"

Laurent überließ es Jorge, alles zu erklären. Er musste mehr über dieses Licht wissen. „Ich bin gleich zurück." Er umarmte seine Schwester, stand auf und kletterte über die Mauer. Als das Licht langsam davonflog, folgte er ihm. Nach einer Weile erreichten sie einen kreisförmigen Brunnen im Zentrum des Friedhofs. Das Licht sank auf eine Bank, die daneben stand. Es veränderte die Form, wurde länger und ihm wuchsen Arme, Beine und ein Kopf. Bald war es geformt wie ein eindeutig weiblicher Mensch, aber ohne detaillierte Gesichtszüge. Laurent wusste nicht, ob das Licht sich verwandelte, um es ihm leichter zu machen, aber ihm gefiel die Form, die es annahm. Sie fühlte sich vertraut an. Er setzte sich neben die Lichtgestalt auf die Bank.

„Ich danke dir für die Rettung meiner Schwester. Ich weiß nicht, wie ich dir das je zurückzahlen kann."

„Brich meinen Fluch." Das Licht hatte keinen Mund, um zu sprechen, dennoch hatte er die Worte deutlich gehört. Es sprach mit einer weichen Altstimme, die alles in ihm kribbeln ließ.

„Wie mache ich das?"

„Finde die Hexe, die mich verflucht hat, und töte sie." Das Licht wurde wieder heller, so als ob dieser Ort es mit Energie versorgte.

„Du scheinst selbst eine fähige Hexe zu sein", sagte er und versuchte, nicht anklagend zu klingen. Im Augenblick war er für ihre Talente äußerst dankbar. „Warum tötest du sie nicht selbst?"

„Ich habe versucht, ihr die Magie zu entziehen, um sie davon abzuhalten, anderen zu schaden." Das Licht klang, als wäre es in Erinnerungen gefangen. „Aber sie fand es heraus. Bevor ich das Ritual beenden konnte, verfluchte sie mich. Seither bin ich ein Geist auf diesem Friedhof. Ich kann ihn nicht lange verlassen, ohne schwächer zu werden, und ich kann mit niemandem reden, es sei denn, ich sitze des nachts auf dieser Bank. Was glaubst du, wie viele Leute nachts einen Friedhof besuchen, auf dem es spukt?"

Laurent glaubte nicht, dass es viele wären. „Also siehst du in Wirklichkeit wie eine Hexe aus?"

„Ja." Die Stimme wurde schwächer. Besorgt sah Laurent auf und bemerkte, dass der Himmel bereits heller wurde. Bald würde die Sonne aufgehen.

„Wie sieht die böse Hexe aus?"

„Ich darf es dir nicht sagen." Obwohl die geisterhafte Erscheinung keine Gesichtszüge hatte, kam es Laurent so vor, als lächele sie. „Ich darf dir vieles, das mit dem Fluch zusammenhängt, nicht erklären. Wirst du trotzdem versuchen, mich zu retten?"

„Selbstverständlich." Etwas anderes konnte er nicht antworten. Sein eigener Fluch war da nur ein geringfügiges Ärgernis. Er würde einen Weg finden, ihn zu seinem Vorteil zu verwenden. Zunächst war es genug, neben dem langsam schwindenden menschlichen Licht zu sitzen und den Aufgang der Sonne zu beobachten.

Mit den ersten Strahlen, kehrte der Schmerz der Verwandlung zurück und damit auch die Federn seiner Schwanengestalt.

Michelle trug die letzten Decken zur Gruft. Sie war kleiner als die Kapelle und daher einfacher zu heizen, aber groß genug für acht Menschen, wenn alle zusammenrückten. Wegen des bevorstehenden Winters, war das wichtig. Albert saß auf einer Bank in der Nähe ihres neuen Heims und knabberte an einigen spätblühenden Blumen. Er wirkte wie ein grau gefiederter Ball aus Elend.

„Du solltest deine Flügel wirklich ausprobieren, weißt du", sagte Michelle. „Sieh nur, wie viel Spaß die anderen haben." Sie zeigte in den Himmel, wo drei ihrer Geschwister Spiralen flogen. Sie wusste, dass die anderen zum Dorf geflogen waren, um bei Anbruch der Nacht ein paar lebensnotwendige Dinge gegen die Gold- und Silbermünzen zu tauschen, die sie in ihren Taschen gehabt hatten. „Ich wette, du würdest auch Spaß haben."

Er schüttelte den Kopf.

„Erinnerst du dich an den Tag, als du von deinem Pony gefallen bist?" Sie legte die Decken in die Gruft, kam wieder heraus und setzte sich neben ihn. „Dein Reitlehrer bestand darauf, dass du gleich wieder aufsteigst. Mit dem Fliegen ist es das Gleiche."

Albert krächzte.

„Ich weiß, dass du dich fürchtest. Aber als Vogel zu fliegen, ist ganz anders, als in einer Maschine zu sitzen."

Albert plusterte seine Federn auf und drehte den Kopf zur Seite.

Mit einem Seufzer streichelte sie die weichen Federn an seinem Hals. Sie waren nicht mehr die Daunen eines Babyschwans, aber auch noch nicht die glatten, weißen Federn eines ausgewachsenen Schwans. Sie sehnte sich danach, ihren kleinen Bruder zu umarmen, wusste aber genau, dass sie dafür noch etwas warten musste. Sie streckte sich, stand auf und zeigte auf einen Stapel Holz, der neben der Gruft halb unter einem Busch versteckt lag. „Wenigstens habe ich es geschafft, alle hölzernen Teile des Luftschiffs zu zerlegen. Heute Nacht werden wir nicht frieren."

Den ganzen Tag hatte sie sich durch das kaputte Luftschiff gearbeitet, Stücke beiseite gelegt, die repariert oder wiederverwendet werden konnten, und das Holz herausgezogen. In der Zwischenzeit waren ihre Brüder und Prinz Jorge zum Wald geflogen und hatten trockene Äste geholt. Manche waren so groß, dass sie zu zweit getragen werden mussten. Michelle war froh, dass sie sich an den Werkzeugkasten erinnert hatte, der zur Standardausrüstung aller Luftschiffe gehörte. Die Säge darinnen war zwar ziemlich klein, tat aber was sie tun sollte. Sie ging in die Gruft und ließ die Tür offen, so dass Albert sie sehen konnte.

„Weißt du, ich dachte eigentlich, die Dorfbewohner würden kommen, um nachzusehen, was hier letzte Nacht los war. Ich wette, dass der Unfall laut genug war, um sie alle zu wecken." Sie kniete sich hin und benutzte ihre Zunderbüchse, um ein Feuer anzuzünden. „Aber das haben sie nicht getan, und ich frage mich warum."

Albert hüpfte von seiner Bank, und streckte sich. Dabei nahm er wieder seine menschliche Gestalt an. Dieses Mal schrie er nicht, also schmerzte vielleicht die Rückkehr in seinen wahren Körper nicht so sehr wie andersherum. Er kam in die Gruft und kauerte sich neben dem Feuer zusammen. „Vielleicht haben sie Angst. Ich hätte jedenfalls welche."

„Nein, hättest du nicht." Michelle zerstrubbelte seine Haare. „Du bist ein tapferer Junge."

„Ich fürchte mich vorm Fliegen."

„Es wäre töricht, sich nicht zu fürchten." Michelle schob den Kopf durch den Türspalt, um nach den anderen Ausschau zu halten. „Ich fürchte mich jedes Mal, wenn ich in ein Luftschiff steige, ganz egal wie groß. Aber es begeistert mich auch, und ich freue mich. Ich glaube, ich bin süchtig nach dem Fliegen."

Albert kuschelte sich in ihren Arm. „Bist du böse, dass ich nicht fliegen will?"

„Kein bisschen." Sie küsste seine Stirn. Zur gleichen Zeit entdeckte sie vier Menschen, die den Pfad hinaufkamen. Einer von ihnen bog zur Seite ab, während die anderen weiter auf die Gruft zukamen. „Da sind Jorge, Didier und Réné. Ist es für dich in Ordnung, wenn ich dich einen Moment allein lasse, um nachzusehen, wohin Laurent gegangen ist?"

„Klar." Albert stand auf und rannte auf seine Brüder zu.

Michelle schlich sich unbemerkt davon. Es dauerte nicht lange, Laurent zu finden. Er saß auf einer Bank neben dem kreisförmigen Brunnen im Zentrum des Friedhofs und schien auf etwas oder jemanden zu warten.

Ein Licht erschien neben ihm. Statt hinüberzugehen versteckte sich Michelle in den Büschen und beobachtete, wie der Geist Menschengestalt annahm, wenn auch nur verschwommen. *So ein Geist ist wenigstens Grund genug, warum sich die Dorfbewohner nicht hertrauen,* dachte sie. *Aber es erklärt nicht, warum Laurent hier ist.*

„Ich habe versucht, die Frau zu finden, über die wir geredet haben, aber ohne Beschreibung ist das wirklich schwer", sagte er zu dem Geist.

„Tut mir leid." Der Geist senkte den Kopf. „Wenn ich dir mehr sage, wird der Fluch dauerhaft."

Michelle musste sich sehr konzentrieren, um alles zu verstehen.

„Ich werde weiter suchen. Ich wünschte nur, ich könnte mehr tun." Laurent schob mit einer Hand sein Haar zurück und seufzte. „Und es hilft nicht gerade, dass ich tagsüber ein Schwan bin."

„Oh, dein Fluch ist leicht zu brechen", sagte der Geist. „Du brauchst nur ein Hemd aus Brennnesseln, die mit bloßen Händen von einer Prinzessin gepflückt und vorbereitet worden sind, und die dann zu einem schlichten Hemd gewebt oder gestrickt werden."

Michelle traute ihren Ohren kaum. War es wirklich so leicht, ihre Brüder zu retten? Sie hielt den Atem an, um besser zu hören, was der Geist sonst noch zu sagen hatte.

Die leuchtende Gestalt neben Laurent sprach weiter.

„Natürlich gibt es ein paar Details, die zu beachten sind, aber das Wichtigste, um den Fluch zu brechen, ist eine Prinzessin, die sich auf eine solche Handarbeit einlässt."

„Woher weißt du das?" Michelle konnte die Ehrfurcht in Laurents Stimme hören.

„Denk dran, ich bin selbst eine Hexe." Der Geist kicherte.

„Natürlich habe ich das nicht vergessen. Du bist zu …" Laurent zögerte und fragte dann: „Darfst du mir sagen, wie du vor dem Fluch aussahst? Du klingst ziemlich jung, wenn man nach deiner Stimme geht."

„Ich erinnere mich nicht." Der Geist flackerte. „Aber ich weiß noch, dass ich vor drei Wochen zweiundzwanzig geworden bin."

„Damit bist du knapp zwei Jahre jünger als ich. Alles Gute nachträglich zum Geburtstag." Laurent griff nach der Hand der Lichtgestalt.

Michelle grinste. Es war so typisch für ihren Bruder, sich in das unmöglichste aller Mädchen zu vergucken. So leise sie konnte schlich sie sich davon. Ihr Herz tanzte. Nun wusste sie, wie sie ihre Brüder retten konnte. Jetzt musste sie nur noch herausfinden, wie Brennnesseln aussahen, und wie man sie zu Strickgarn verarbeitete.

Früh am nächsten Morgen zog Michelle den zerrissenen Lederanzug aus, den sie immer noch trug, und glitt in eine Baumwollhose und in ein Hemd, das sie im ruinierten Luftschiff gefunden hatte. Dann forderte sie Albert auf, auf dem Friedhof zu bleiben. Sein Krächzen klang wie eine Frage.

„Ich gehe ins Dorf, um für Essen zu arbeiten." Michelle streichelte seine glatten Federn. „Wir können ihre Lebensmittel nicht nehmen, ohne zu fragen. Selbst wenn wir sie bezahlen ist das falsch. Sie sind sicher verärgert oder schlimmer noch, fürchten sich."

Albert rollte sich wieder zusammen und schob eindeutig genervt den Kopf unter seinen Flügel. Sie warf ihm ein Kuss zu und ging den breiten Mittelweg des Friedhofs hinunter.

Zehn Minuten später erreichte sie das Dorf. Es war winzig, kaum mehr als eine Handvoll Bauernhöfe. Sie klopfte am ersten Haus. Es war nicht sehr groß, wirkte aber sauber. Ein Paar Hennen liefen herum, und eine Katze saß auf einer Fensterbank des Stalls und leckte an ihrem Hinterbein. Alles schien friedlich.

„Herein." Die Stimme klang alt.

Zögernd trat Michelle durch die offene Tür ins Halbdunkel des Bauernhauses. Sie fand sich einer älteren Frau gegenüber, die in einem Topf rührte, aus dem es köstlich duftete. Ihr lief das Wasser im Mund zusammen. Zwei kleine Kinder kamen aus dem linken Teil des Hauses gelaufen, der wie ein Stall aussah, und klammerten sich an die Schürze der Frau. Ein drittes Kind lag in einer Wiege nicht weit vom Feuer. Es schlief. Michelle knickste.

„Guten Morgen. Mein Name ist Michelle, und ich bin nicht von hier. Könnten Sie mir das Stricken beibringen?"

Die Frau runzelte die Stirn und antwortete nicht.

„Bitte. Es ist wirklich wichtig." Michelle befürchtete, dass die Frau selbst nicht wusste, wie man strickte. „Ich kann die Stunden auch bezahlen, wenn es das ist, was Sie wissen wollen."

Das Stirnrunzeln der Frau blieb. „Bist du die Hüterin der Schwäne?"

Michelle fragte sich, ob sie lügen sollte, aber sie bevorzugte die Wahrheit, also nickte sie.

„Halte sie aus unseren Feldern heraus." Die Frau schob die Kinder beiseite und rührte weiter.

„Bitte, Madame. Ich muss dringend lernen, wie man strickt."

„Ich bin keine Madame. Nenn mich Ester." Die Frau betrachtete sie von Kopf bis Fuß. „Wie viel würdest du bezahlen?"

„Wie viel würde es kosten?" Michelle hatte längst gelernt, dass sie Geld sparen konnte, wenn sie der anderen Seite die Wahl ließ.

„Drei Kupfergroschen die Stunde." Die Frau schwenkte den Topf vom Feuer.

Zwölf Kupfergroschen ergaben einen Silbertaler, und zwölf Silbertaler waren einen Goldtaler wert. Das bedeutete, dass Michelle genug Geld hatte, um mehrere Jahre Unterricht zu bezahlen. Sie hoffte, dass sie nicht so lange brauchen würde.

„Wissen Sie, wie Brennnesseln aussehen?" Sie gab der Frau eine Silbermünze.

Erst da verschwand Esters Stirnrunzeln.

„Davon gibt's hier mehr als genug. Ich zeig sie dir nachher", sagte sie mit einem breiten Lächeln und deutete auf den einzigen Tisch im Zimmer. „Setz dich. Sobald die Knollen gewürfelt sind, zeige ich dir die Grundlagen."

Michelle fand die Kunst Garn herzustellen leicht zu lernen. Alles, was man tun musste, war, die richtigen Pflanzen zu pflücken, die Stängel zu brechen, die Rinde zu hecheln – das hieß, sie durch ein Stück Holz zu ziehen, das mit seinen vielen Dornen wie ein Igel aussah – und die Fasern dann zu einem Faden zu spinnen. Sie hatte den Vorgang in weniger als einer Woche gelernt, auch wenn ihr Garn noch nicht besonders gleichmäßig ausfiel. Sie hatte auch erfahren, dass Ester die Großmutter der Kinder war, und dass sie sich seit dem Tod ihrer Tochter im Kindsbett um sie kümmerte. Der Vater tat sein Bestes, um für seine Familie zu sorgen, aber wie die meisten Bauern im Dorf gehörten nur wenige Felder zu seinem Hof. Er konnte es sich nicht leisten, Hilfe einzustellen. Michelles Geld war sehr willkommen, genauso wie ihre Hilfe bei den Kindern und im Garten.

Sie genoss die Arbeit. Sie erlaubte es ihren Gedanken zu wandern, und oft genug blieben sie an Jorge hängen. Er wäre der erste, den sie vom Zauberspruch befreien würde. Vielleicht gelang es ihm ja, seine Schwester zur Vernunft zu bringen. Michelle arbeitete härter als je zuvor. Sie verbrachte gerne Zeit mit Ester und ihrer Familie, sorgte sich aber jeden Tag um Albert, der geduldig auf sie wartete. *Ich muss schneller lernen,* dachte Michelle.

Sie erwartete, dass ihr das Stricken genauso leicht fallen würde, wie die Vorbereitung der Fasern und das Spinnen des Garns, und so konzentrierte Michelle all ihre Energie auf die neue Kunst. Aber ihren Händen fiel es schwer, sich an die neue Art der Bewegung zu gewöhnen, die sie lernen sollte, und ihr Arbeitstempo verlangsamte sich stark. Nach zwei weiteren Wochen baumelten kaum mehr als zwei Handbreit Stoff von ihren Stricknadeln. Immerhin waren die obersten fünf Zentimeter nicht mehr verknotet oder zu fest.

„Ich denke, du hast das Prinzip endlich verstanden." Ester lächelte sie so stolz an, als wäre sie ein Wunderkind. Neidisch betrachtete Michelle das Strickzeug der Vierjährigen. Das kleine Mädchen hatte darauf bestanden, ebenfalls zu lernen, und war viel schneller damit klargekommen als Michelle.

„Schade, dass du keine Prinzessin bist", sagte sie zu der Kleinen.

Ester lachte.

„Na, das wäre eine tolle Prinzessin, so wie sie jede Nacht schnarcht."

Das Mädchen lachte.

„Zisch ab, Süße", sagte Ester. „Und nimm deinen Bruder mit."

Das Mädchen legte ihr Strickzeug in ihren Korb und nahm die Hand ihres Bruders. Zusammen liefen sie nach draußen, um zu spielen. Sofort wurde Esters Gesicht ernst.

„Dies ist unsere letzte Unterrichtsstunde", sagte sie.

„Aber ich dachte …" Michelle konnte nicht weitersprechen, denn sie hatte einen Kloß im Hals.

„Es ist ja nicht, weil wir dich nicht mögen. Ehrlich." Ester nahm ihre Hände. „Es ist wegen den Schwänen. Es gibt ein neues Gesetz, das uns zwingt, alle Schwäne beim König zu melden, besonders wenn sie in einer großen Gruppe anstatt in einem Familienverband fliegen. Du musst deine Tiere nehmen und fliehen."

Der Klumpen in Michelles Kehle wuchs. Wortlos umarmte sie Ester. Als sie wieder sprechen konnte, flüsterte sie: „Ich kann diesen Ort nicht verlassen. Noch nicht. Aber ich werde meine Schwäne verstecken. Danke für die Warnung."

„Der Ortsvorsteher schreibt schon einen Brief an die Krone." Ester wirkte eindeutig besorgt. „Er wird lange dafür brauchen, vielleicht ein, zwei Monate. Er ist nicht der beste Schreiber, aber es gibt im Dorf keinen anderen, der es tun könnte. Versuch zu gehen, bevor er ihn abschickt."

„Das mache ich. Versprochen." Michelle umarmte ihre Freundin noch einmal und ging. Dabei fühlte sie sich, als wäre noch ein Teil ihres Lebens zu einem abrupten und unwillkommenen Ende gekommen.

„Bring mich zu deinem Geist."

Michelles Bitte überraschte Laurent. Woher wusste sie von seiner Freundin? Er wurde rot. „Ich weiß nicht, wovon du redest."

„Von dem Geist, mit dem du die halbe Nacht verquatscht. Tu nicht so, als wärst du dumm." Michelle stemmte die Hände auf die Hüften. „Ich habe ihn auf dem ganzen Friedhof gerufen, und am meisten bei dem Brunnen, an dem ihr euch immer trefft, aber er wollte sich nicht zeigen."

Laurent war verblüfft. Er hatte sein kleines Geheimnis für sicher gehalten.

„Laurent, es ist wichtig", drängte sie. „Ich würde nicht fragen, wenn es nicht so wäre. Jetzt los, bevor die anderen zurückkehren."

Also war es eine Ablenkung gewesen, seine Brüder und Jorge zum Luftschiff zu schicken, um die brauchbaren Teile herbeizuschaffen.

„Na schön." Er drehte sich um und ging zum Brunnen in der Mitte des Friedhofs. „Warte neben dem Brunnen", sagte er und setzte sich auf die Bank. Sofort bildete sich die vertraute Lichtgestalt neben ihm. Er begrüßte seine Freundin und sagte ihr, dass er immer noch keine Fortschritte beim Auffinden der Hexe gemacht hatte. Er erzählte ihr auch vom Befehl seines Vaters, Schwäne zu melden, was die Suche für ihn noch schwieriger machte. Nachdem er seine Nachrichten losgeworden war, zeigte er auf seine wartende Schwester und sagte: „Michelle möchte mit dir sprechen, wenn du nichts dagegen hast."

Michelle trat vor.

Die Lichtgestalt flackerte etwas, stabilisierte sich aber wieder.

„Was kann ich für dich tun?"

„Ich möchte die Details wissen, damit ich meinen Bruder erlösen kann." Sie lächelte. „Vor einiger Zeit hörte ich zufällig, wie du ihm sagtest, dass es leicht wäre. Dabei war es alles andere als leicht, das Stricken zu lernen."

Das Licht lachte. Es war ein klingelndes, fröhliches Geräusch, das Laurent nie zuvor gehört hatte, das aber wohlige Schauer durch seinen Körper sandte. Wie sehnte er sich danach, das verfluchte Mädchen zu umarmen. Er liebte sie, auch wenn sie eine Hexe war.

„Es gibt ein paar weitere Bedingungen, die erfüllt sein müssen." Die geisterhafte Figur zitterte. „Von dem Augenblick an, an dem du mit der Arbeit beginnst, darfst du nicht mehr reden, bis der Zauberspruch gebrochen ist. Auch darfst du keine einzige Träne vergießen."

„Das schaffe ich."

„Du musst die Nesseln mit bloßen Händen pflücken, die Stängel mit deinen nackten Füßen brechen und dem gestrickten Hemd einen Tropfen deines Bluts hinzufügen."

Laurent spürte, wie das Blut sein Gesicht verließ. „Das wirst du nicht tun, Michelle. Ich verbiete es."

„Es ist der einzige Weg, den Fluch zu brechen, und ich tue es, ob du es erlaubst oder nicht." Sie verschränkte die Arme vor der Brust und wandte sich wieder dem verfluchten Mädchen zu. „Muss ich das Hemd auch mit meinen eigenen Händen stricken, oder kann ich eine Maschine bauen, die das für mich tut?"

Das Mädchen schwieg, während es über die Frage nachdachte. Nach einer Weile fragte sie: „Wirst du die Maschine ohne fremde Hilfe bauen?"

„Ja. Ich werde die Teile meines kaputten Luftschiffs dafür nutzen."

„Wird sie von einer Dampfmaschine angetrieben werden?"

„Nein. Der Motor ist kaputt. Ich wollte einen Aufziehmechanismus konstruieren."

„Das wird gehen. Magie ist mit Dampftechnik schwer zu vereinbaren, hat aber keine Probleme mit simpler Mechanik." Das Mädchen nickte. „Stell nur sicher, dass du die Oberfläche jedes einzelnen Stücks berührst, das du in die Maschine einbaust. Und füge hin und wieder ein paar Tropfen Blut hinzu. Das sollte deine Essenz gut genug an das Gerät binden, dass die Magie dem Garn ins Hemd folgt."

„Das gefällt mir nicht. Du solltest das wirklich nicht machen. Es wird furchtbar wehtun." Laurent erinnerte sich, wie er als Kind in Brennnesseln gefallen war und wie lange der Schmerz angehalten hatte. Er stand auf und legte seine Hand auf die Schulter seiner Schwester. „Du kannst keine Nesseln mit bloßen Händen pflücken, ohne zu weinen. Glaub mir. Bitte. Lass mich einen besseren Weg suchen."

„Es gibt keinen anderen Weg." Das verfluchte Mädchen stand ebenfalls auf, ließ aber einen Fuß auf der Bank. Ihre Berührung an seinem Arm war leicht wie eine Feder. „Sogar der Tod der Hexe kann diesen Fluch nicht brechen. Er hat sich schon zu sehr in deiner Seele verankert."

„Noch ein Grund, es zu tun." Michelle nickte dem Geist zu. „Danke. Ich muss jetzt los."

Laurent sah ihr nach, wie sie mit schnellen Schritten davonging. Sein Herz sehnte sich danach, sie zu beschützen, aber er wusste, dass sie ihn nicht lassen würde. Wann war seine kleine Schwester so erwachsen geworden?

„Sie wird es schaffen." Die Hand des Mädchens rutschte in seine. „Und als Mensch ist es vielleicht einfacher für dich, meinen Fluch auch zu brechen."

Er drehte sich zu ihr, schloss geblendet die Augen und hielt sein Gesicht dem Teil des Lichts entgegen, der ihr Kopf war.

„Ich würde alles für dich tun, aber sie ist meine Schwester. Ich kann doch nicht zusehen, wie sie sich selbst verletzt."

„Das wirst du müssen." Die Stimme des Mädchens war kaum mehr als ein Flüstern. Als er seinen Mund für eine Antwort öffnete, legte sie einen Finger aus Licht auf seine Lippen. „Sch... Ich möchte den Moment genießen."

Plötzlich hämmerte sein Herz wie eine Dampfmaschine. Sehr vorsichtig beugte er sich vor und berührte mit den Lippen die Stelle wo ihr Mund sein sollte. Wärme breitete sich in seinem Körper aus, getragen von einer Welle aus Sehnsucht und Glück. Ein Seufzer entschlüpfte dem Mädchen, bevor sie aus seinen Armen schwand. Er fühlte das Kribbeln des Kusses für den Rest der Nacht, aber ganz gleich, wie oft er zu der Bank zurückkehrte, sie tauchte nicht wieder auf.

Einige Nächte später entdeckte Laurent, dass Albert verschwunden war. Ihm war aufgefallen, dass der kleine Junge schon eine Weile unglücklich und zappelig gewesen war, da er bei den Teilen, die Michelle für ihre Maschine brauchte, nicht helfen konnte. Darum hatte Laurent einen der anderen Jungen dazu abgeordnet, mit ihm zu spielen. Aber vielleicht vermisste Albert die Gespräche mit Michelle bei Tag, und hatte beschlossen, einen Ersatz zu finden. Laurent schickte die Jungs in alle Richtungen, während er den ganzen Friedhof durchsuchte. Nur Michelle fuhr unbeirrt fort, an ihrer Maschine zu arbeiten.

„Er ist nicht in der Kapelle oder irgendwo in deren Nähe", verkündeten die Zwillinge, als sie kurz vor Tagesanbruch zurückkehrten.

„Und er ist nicht auf der oberen Wiese", sagte Jerome.

„Wir konnten auch keine Spur von ihm im Dorf finden." Réné sah Jorge an. „Wir haben sogar mit einem Landstreicher gesprochen."

Laurent öffnete den Mund, um ihn zu rügen – er hatte seinen Brüdern oft genug gesagt, dass ihr Verbleib ein Geheimnis bleiben musste – als ihn Jorge unterbrach.

„Es war wichtig, Laurent. Der Landstreicher hatte Köpfe von Schwänen an seinem Gürtel pendeln und wollte wissen, ob wir welche gesehen hätten."

Laurents Kehle trocknete schlagartig aus.

„Nach allem, was er uns sagte, bringen Elsa und Pierre jeden Schwan zur Strecke, den sie finden können." Jorges Stimme enthielt ebenso viel Angst wie Laurents Herz.

„Wir müssen Albert finden." Er flüsterte, denn er vertraute seiner Stimme nicht. Unmöglich konnte er die Furcht in Worte fassen, die er in den Augen seiner Brüder sah, als sie von den Köpfen der Schwäne gehört hatten.

„Vielleicht sollten wir den Wald durchsuchen", schlug Jorge vor. „Es ist der einzige Ort in der Nähe, an dem wir noch nicht gesucht haben."

Wortlos lief Laurent los. Es war ein Rennen gegen die Zeit. Er musste Albert finden und zurückbringen, bevor die Sonne aufging. Er fühlte seine Brüder hinter sich, aber mit seinen langen Beinen war er der Schnellste. Er erreichte den Wald als Erster, und tatsächlich, jemand Kleines war vor kurzem durch das Unterholz gebrochen. Er seufzte vor Erleichterung.

„Wartet hier", sagte er zu seinen Brüdern und folgte der Spur.

„Albert!" Mit den Händen formte er einen Trichter. „Du musst jetzt kommen."

„Ooooch. Aber es gefällt mir hier." Alberts Stimme klang ganz nah, aber Laurent konnte ihn immer noch nicht sehen.

„Die Sonne geht jede Minute auf." Er versuchte, die Panik aus seiner Stimme zu halten. Wie sollte er seinen kleinen Bruder in seiner Schwanenform in Sicherheit bringen? Er blickte über seine Schulter. Der Himmel zeigte schon den ersten Anflug von Licht. Er hatte vielleicht noch fünf bis zehn Minuten. „Bitte, Albert. Wir müssen uns beeilen."

„Ich komm ja schon." Sein Bruder trat aus einem Busch und winkte zurück. „Ich bin morgen wieder da. Versprochen."

Laurent nahm seine Hand, und sie rannten zurück. Aber Zweige, und Wurzeln griffen nach ihnen, als wollten sie seinen Bruder nicht gehen lassen. Als sie aus dem Unterholz stolperten, schimmerte der Himmel schon rosa und rot. Laurent nahm Albert auf den Arm und rannte schneller, seine anderen Brüder auf den Fersen. Auf halber Strecke spürte er die Verwandlung. *Nein! Das ist zu weit. Albert kann auf seinen kurzen Schwanenbeinen nicht so weit laufen.* Er versuchte, noch schneller zu laufen, aber seine Beine verbogen sich und schrumpften.

Als der Schmerz abklang, sah er zu Albert und fragte sich, wie er ihn dazu bringen konnte zu fliegen. Er wusste, dass sich sein kleiner Bruder standhaft weigerte, und Michelle war nirgends in Sicht. Er würde sie irgendwie holen müssen. Eine Decke landete neben ihm auf dem Boden und Jorge folgte.

„Michelle ist mit ihrer Maschine beschäftigt", sagte er. „Ich dachte, wir könnten ihn vielleicht tragen, wenn alle helfen."

Es war einen Versuch wert. Sie mussten zurück zum Friedhof, bevor sie einer der Dorfbewohner oder der Landstreicher fliegen sahen. Er drängelte den protestierenden Albert auf die Decke.

Der Junge gehorchte erst, als er ihm von dem Landstreicher mit den Schwanenköpfen erzählte.

Als Laurent bemerkte, wie blass Albert trotz seines Schwanengesichts wirkte, fühlte er sich hundeelend. Er hätte ihm das nicht sagen sollen. Albert liebte Tiere.

Trotz seines Schuldgefühls griff er seine Ecke der Decke. Als er sicher war, dass alle bereit waren, schlug er mit den Flügeln. Sie hoben alle gemeinsam ab. Albert rollte sich zu einem Ball zusammen und steckte den Kopf unter den Flügel, während seine Brüder ihre Muskeln nutzten. Glücklicherweise mussten sie nicht weit fliegen. Sie erreichten den Friedhof in wenigen Minuten.

Michelle umarmte jeden einzelnen und zögerte nicht einmal bei Jorge. Sie führte sie in die Gruft, die ihnen als Versteck diente, und legte einen Finger auf die Lippen. Dann zeigte sie auf das Dorf und stellte mit den Händen gehende Menschen dar. Laurent verstand und nickte. Michelle nahm einen selbst gemachten Besen und begann, die Wege zu fegen, auf denen sie gegangen waren und unterwegs die weißen Federn einzusammeln.

Laurent zog die Tür so weit zu, wie er konnte, und wandte sich flüsternd an seine Brüder. „Es kommt jemand. Wir müssen ganz, ganz leise sein."

„Oh je, das wird langweilig", meinte Didier.

„Ich schlaf dann mal." Sein Zwillingsbruder Francois hob den Flügel und erlaubte Albert, sich darunter zu kuscheln. Bald atmeten sie gleichmäßig. Die anderen folgten ihrem Beispiel. Nur Jorge hielt mit Laurent schweigend Wache. Abwechselnd starrten sie durch den Türspalt und fragten sich, was draußen los war.

Als Michelle sicher war, dass sie auf dem ganzen Friedhof keine einzige Feder übersehen hatte, zog sie die Handschuhe aus, die sie seit Kurzem während der Nacht trug, und machte sich wieder daran, Nesseln zu sammeln. Sie hatte schon einen hübschen Berg hinter ihrer Gruft, und ihre Hände waren mit Blasen bedeckt. Sie biss sich auf die Unterlippe und bereitete sich innerlich auf die Schmerzen vor. Auf keinen Fall durfte sie weinen. Als der Mann ankam, vor dem sie ihre Brüder gewarnt hatte, waren ihre Arme mit den Pflanzen beladen.

„Oh. Ich wusste nicht, dass hier jemand ist." Der Mann verbeugte sich, und die Schwanenköpfe an seinem Gürtel schaukelten. „Bitte entschuldige die Störung, hübsches Kind, aber hast du hier in letzter Zeit Schwäne gesehen?"

Michelle war sich schmerzhaft bewusst, dass ihre Kleidung nicht mehr sauber war. Auch konnte sie ihren Blick kaum von dem grausigen Anblick an seinem Gürtel lösen. Sie schüttelte den Kopf.

„Bist du sicher?" Er kam näher.

Sie trat zurück und hielt die Nesseln vor sich wie einen Schild.

„Warum antwortest du nicht? Hat die Katze deine Zunge gefressen?" Mit zwei langen Schritten erreichte er sie und packte sie. Bevor er sie an sich ziehen konnte, drückte sie ihm die Brennnesseln ins Gesicht.

Schreiend ließ er sie los. Sie ließ die Nesseln fallen und rannte davon. So schnell sie ihre Beine trugen lief sie auf das Dorf zu. Bald hörte sie die Schritte des Mannes hinter sich. Sie kamen immer näher, je länger sie lief. Ihr Herz hämmerte und ihr Blut brüllte in ihren Ohren, aber sie erreichte Esters Bauernhof, bevor er sie fangen konnte. Esters Sohn kam gerade aus dem Stall. Seine Augen weiteten sich, als er den Fremden mit mordlüsternem Blick eine Armlänge hinter Michelle herlaufen sah.

„Bleib genau da stehen, oder ich spieß dich auf." Er senkte seine Forke. Schwer atmend und äußerst dankbar für ihr Glück, versteckte sich Michelle hinter ihm.

Der Fremde blieb stehen.

„Das wirst du bereuen. Versprochen." Er drehte sich um und ging zum Friedhof zurück. Michelle fürchtete, dass er ihre Brüder finden würde, aber im Augenblick gab es nichts, was sie tun konnte.

Der Landwirt drehte sich zu ihr um.

„Mädel, du zitterst ja. Geh rein. Ich bin mir sicher, dass Ester noch etwas Porridge hat, und die Kinners werden sich freuen, dich wiederzusehen."

Michelle nickte und ging ins Haus. Als Ester sie mit offenen Armen empfing, entspannte sie sich ganz langsam. Natürlich bombardierte Ester sie mit Fragen, aber Michelle antwortete nicht. Sie schüttelte den Kopf und zeigte auf ihre Kehle.

„Oh, du bist erkältet und kannst nicht sprechen. Armes Kind." Ester nahm ihre Hände. Entsetzt starrte sie sie an. „Liebes, was ist das für ein Ausschlag. Was ist passiert?"

Michelle zuckte mit den Schultern.

„Warte, ich habe genau das Richtige dagegen." Ester eilte in ihr Schlafzimmer und kam mit einem Topf weißer Salbe zurück, die sie großzügig auf Michelles Armen verteilte. „Ringelblumen mit Gänsefett hilft bei allen Arten von Verbrennungen, Schnittwunden und Ausschlägen."

Michelle spürte die Linderung sofort und seufzte erleichtert. Sie beugte sich vor und küsste die Wange der alten Frau. Als sie in der Abenddämmerung mit dem Rest der Salbe endlich zum Friedhof zurückkehrte, war der Fremde nicht mehr zu sehen. Sie beschloss, ihren Brüdern nichts von ihrem Erlebnis zu erzählen.

Eine Woche später nahm Michelle das erste Hemd von ihrer Maschine. Das Gewebe war ziemlich locker, weil es ihr nicht gelungen war, die Dicke der Drähte zu reduzieren, die sie als Strickhaken verwendete. Sie trug es nach draußen und hielt es in die Sonne. Es würde schon gehen.

Einer der Schwäne watschelte ihr entgegen. In den letzten Tagen waren die Jungen nicht geflogen, für den Fall, dass der Landstreicher noch in der Nähe war, aber es gefiel ihnen offensichtlich nicht, zu Fuß zu gehen. Sie verbrachten die meiste Zeit im Schatten der Gruft oder schwammen auf dem Teich neben der Kapelle. Der Schwan ließ den Kopf hängen.

Michelle neigte ihren Kopf fragend zur Seite und hockte sich hin. Der Schwan hob einen Flügel hoch. Eine der Federn war gebrochen und stand jetzt in einem merkwürdigen Winkel ab. Summend, um den aufgeregten Vogel zu beruhigen, entfernte sie die Feder mit einer schnellen Bewegung. Dann warf sie dem Schwan das Hemd über, hielt den Atem an und wartete darauf, dass der Zauber wirkte.

Bitte, lass es Jorge sein, dachte sie, denn es war nicht immer einfach, die Schwäne auseinanderzuhalten. *Bestimmt nimmt er mich endlich wahr, wenn ich ihn als Ersten befreie.*

Der Schwan zappelte und drehte sich, um aus dem Hemd herauszukommen. Er krächzte eindeutig verärgert. Als nichts geschah, zog ihm Michelle das Hemd wieder aus. Ihre Lippen zitterten, und sie musste sich auf die Innenseite ihrer Wange beißen, um nicht zu weinen. Der Schwan zischte, drehte sich um und lief davon.

Michelle kämpfte die Tränen zurück. Sie wagte nicht zu weinen, bevor Jorge und ihre Brüdern erlöst waren. Was hatte sie falsch gemacht? Musste das Hemd zu einer besonderen Zeit angezogen werden? Vielleicht Mittags oder beim Sonnenuntergang? Sie musste mit dem Geist reden, konnte es aber nicht. Niedergeschlagen, sank sie neben dem Eingang ihrer Gruft auf den Boden und legte den Kopf auf die Arme. Wenig später schlief sie vor Erschöpfung ein. Als sie wieder aufwachte, knabberte Albert an ihrem Hemd. Er hatte schon die Hälfte davon gegessen.

Sie warf ihm einen wütenden Blick zu und riss es an sich, aber als sie den Schaden sah, gab sie es ihm zurück. Es würde sich nicht mehr reparieren lassen. Mit einem Seufzer stand sie auf und ging, um neue Nesseln zu sammeln. Schließlich hatte sie den Fluch noch nicht gebrochen.

Als die Sonne unterging, legte sie ihre Nesseln hin, salbte ihre Hände ein und packte Laurent. Sie zeigte in die Richtung des Brunnens. Er nickte. Gemeinsam gingen sie zum Mittelpunkt des Friedhofs.

„Wohin geht ihr?" Albert sprang sie aus den Büschen an. „Kann ich mitkommen?"

Michelle wollte ihn wegschicken, aber Laurent hatte ihn schon auf den Arm genommen.

„Natürlich kannst du mitkommen. Du kannst eine Freundin von mir treffen, aber du darfst keine Angst haben."

„Warum? Ist sie unheimlich?" Albert sah sich mit großen Augen um. „Ist es ein Geist? Es gibt Geister auf dem Friedhof. Das sagt auch der Igel."

„Also redest du mit Igeln, wenn wir nicht da sind?"

„Und mit Füchsen, Maulwürfen, Vögeln und Grillen. Einmal hab ich sogar mit einem Rothirsch gesprochen, aber ich müsste wieder zum Wald gehen, um ihn zu sehen." Albert zeigte nach vorn. „Darf ich vorgehen?"

„Sicher." Laurent setzte ihn ab und sah ihm nach, als er vor ihnen her lief. Er grinste und schien Alberts Geplapper nicht ernst zu nehmen, aber Michelle hatte oft gesehen, wie ihr kleiner Bruder während des Tages andere Tiere angekrächzt hatte. Vielleicht redete er wirklich mit ihnen. Das bedeutete natürlich nicht, dass sie auch antworteten.

Als sie den Brunnen erreichten, wartete der Geist schon auf sie. Albert stand mit weit offenem Mund davor.

„Mach ihn lieber zu, bevor etwas hinein fliegt", riet ihm Laurent und trat zu seiner Freundin. „Danke, dass du gekommen bist."

„Ich habe gesehen, wie deine Schwester heute Morgen das erste Hemd ausprobierte." Die Lichtfrau wandte sich Michelle zu. „Der Misserfolg tut mir leid. Das war meine Schuld. Ich wusste nicht, dass es mehrere verfluchte Schwäne gibt."

Michelle hielt sieben Finger hoch.

„Ja, das habe ich in den letzten Tagen selbst bemerkt, aber ich konnte dich nicht dazu bringen, mich zu sehen." Das Licht wurde dunkler, als ob es rot wurde. „Ich bin froh, dass du beschlossen hast herzukommen."

Michelle legte ihren Kopf auf die Seite und zog die Augenbrauen übertrieben weit in die Höhe.

Der Geist verstand sofort. „Du willst wissen, was du tun musst?"

Sie nickte.

„Du musst für jeden Schwan ein Hemd herstellen und sie ihnen in der Reihenfolge anziehen, in der sie verflucht wurden."

Taubendreck, dachte Michelle. *Ich kann mich kaum daran erinnern, was passiert ist. Woher soll ich wissen, wer wann verflucht wurde? Ich weiß nur, dass Albert der Erste war.*

Laurent sagte: „Ich glaube der Erste, der in einen Schwan verwandelt wurde, war Jorge."

Michelle schüttelte den Kopf und zeigte auf Albert.

„Ach ja, du hast Recht. Jorge war der Zweite. Danach ist alles verschwommen." Er kratzte sich am Kopf. „Wir müssen das mit den Jungs besprechen."

Michelle nickte und wandte sich zum Gehen, als Albert ihre Hand nahm.

„Ich kenne die Reihenfolge." Er sah zu ihr hoch. „Weil ich schon ein Schwan war, als alle anderen sich verwandelten. Ich erinnere mich. Ehrlich."

Sie strich ihm übers Haar und wünschte sich, er würde reden.

„Als du mich in die Arme nahmst, fiel Jorge um. Und dann kippte Laurent um. Ich sah zu Francois, aber er und Didier stellten eben die Gläser ab. Dann fiel Réné um und dann Jerome. Die Zwillinge waren die letzten. Sie machen immer alles gleichzeitig. Ich weiß noch, dass ich das ziemlich lustig fand."

Michelle küsste seine Wange und nickte. Sie war stolz auf ihren kleinen Bruder. Jetzt konnte sie ernsthaft darangehen, den Fluch zu brechen.

Laurent blieb etwas länger bei dem Geist, entschied dann aber, dass es an der Zeit war, etwas zum Essen zu mausen. Seine Brüder versuchten wahrscheinlich zu jagen, aber das war nachts nicht leicht. Er wühlte in seinen Taschen nach ein paar Münzen und machte sich auf den Weg ins Dorf.

Was machen wir nur, wenn das Geld alle ist? Er hatte nur noch drei Goldstücke und ein wenig Silber übrig, und seine Brüder hatten schon immer weniger Geld gehabt als er. Es war Glück gewesen, dass sie überhaupt so viel dabei hatten, als der Fluch zuschlug.

Als er sich dem Dorf näherte, schob er die Sorgen beiseite. Wie ein Schatten huschte er von Haus zu Haus. Seit sie das erste Mal das Essen, das sie gestohlen hatten, bezahlten, ließen einige Dorfbewohner manchmal einen Korb mit Lebensmitteln draußen. Er fand zwei und ließ je ein Silberstück zurück. Jetzt hatte er nur noch drei Gold- und zwei Silberstücke. Mit einem Seufzer drehte er um, um zum Friedhof zurückzugehen, als er Stimmen hörte, die vom Gasthaus kamen.

„Unn ich sach dir." Die Stimme sprach undeutlich, aber Laurent konnte sie trotzdem verstehen. „Ich hab'n Brief vonns Schloss gekriecht. Der Kronprinsch kommt Ennte näschte Woche hierher."

„Sie träumen, Bürgermeister." Der junge Mann, der den beleibten Betrunkenen stützte, war offensichtlich vernünftig genug gewesen, nicht die halbe Nacht zu trinken. „Obwohl Vater sich über solche Gäste freuen würde."

„Unn ich sach dir." Der Bürgermeister schwankte und lehnte sich schwer auf den Arm des jungen Mannes. „Schie wer'n sie töten, die Vögel – Schwäne – wassauchimmer. Und denne verschwin'n auch keine Lebensmittl mehr. Wiederschen Geld."

Er kicherte. Eine Welle Alkoholdunst fegte über Laurent hinweg, als das Paar an seinem Versteck vorbeiging. Er hielt sich die Hand über die Nase. Sobald die beiden außer Sicht waren – er konnte hören, wie sie immer noch diskutierten – hob er die Körbe auf und eilte zurück zum Friedhof.

„Wir müssen gehen", sagte er zu Jorge, der auf der Mauer nahe des Eingangs saß und eine Flöte schnitzte. Albert stand vor ihm und wartete ungeduldig auf sein neues Spielzeug. Laurent packte seine Schultern. „Geh die anderen holen, Albert. Das ist wirklich wichtig."

Mit einem Schmollmund lief Albert davon und rief nach seinen Brüdern, während Jorge Laurent zur Gruft folgte, wo Michelle damit beschäftigt war, Nesseln zu hecheln.

Laurent wartete ungeduldig darauf, dass seine Brüder kamen. Als alle da waren, redete er nicht lange um den heißen Brei. „Wir müssen alles einpacken und sofort gehen. Pierre und Elsa haben herausgefunden, wo wir sind. Sie haben dem Bürgermeister ihre Ankunft für das Ende der nächsten Woche angekündigt."

„Wir können nicht weg." Jorge zeigte auf die sperrige, aus altem Metall hergestellte Maschine. „Michelles Strickmaschine ist viel zu schwer, und ohne sie kann sie unseren Fluch nicht brechen."

„Und wenn sie uns einmal gefunden haben, finden sie uns immer wieder", sagte Jerome.

„Wir sollten uns besser auf einen Kampf vorbereiten", sagten Didier und Francois zusammen.

„Sie werden nicht mit uns kämpfen." Laurent begriff nicht, warum sie die Situation nicht verstanden. „Sie werden einfach warten, bis die Sonne aufgegangen ist. Dann lassen sie uns von ihren Jägern erschießen. Unsere einzige Chance zu überleben liegt darin, ein gutes Versteck zu finden. Vielleicht irgendwo im Wald."

Mit einem Mal wurde ihm klar, dass er, wenn er den Friedhof verließ, auch die Frau aus Licht nicht wiedersehen würde. Er schluckte und zwang sich, nicht darüber nachzudenken. Die Sicherheit seiner Familie ging vor.

„Ich kann ein Versteck im Wald für uns finden", sagte Albert. „Ich habe da viele Freunde."

Laurent ignorierte ihn. „Kommt schon, Jungs. Lasst uns packen."

„Selbst wenn wir uns verstecken, wird es meine Schwester nicht davon abhalten, uns zu jagen", sagte Jorge. „Und Michelles Strickmaschine wird sie merken lassen, dass wir wissen, wie der Fluch zu brechen ist. Wenn nötig, wird sie den ganzen Wald niederbrennen."

„Aber das würde meine Freunde auch töten." Albert starrte ihn mit großen Augen an.

Jorge lächelte traurig. „Ich fürchte, Elsa interessiert sich nicht für deine Freunde. Ich weiß nicht, was in sie gefahren ist, aber sie wird keine Ruhe geben, bis sie ihre Rache bekommt."

Michelle zupfte an Laurents Arm, zeigte auf den Himmel und zog sechs Halbkreise mit ihrer Hand. Dann zeigte sie auf die Maschine und ihre wenigen Besitztümer und tat so, als würde sie packen.

Laurent dachte einen Moment über ihre Pantomime nach, bevor er sie verstand. „Du meinst, wir sollten noch sechs Tage warten, bevor wir einpacken?"

Sie nickte.

„Das wird furchtbar knapp." Laurent war hin und her gerissen. Einerseits würde er gerne mehr Zeit mit der Lichtfrau verbringen, andererseits wusste er, dass Elsa ihnen keine Gnade gewähren würde. „Was ist, wenn sie früher kommen?"

„Ich werde Ausschau halten." Jorge trat einen Schritt vor, nahm Michelles Hand und sah ihr in die Augen. „Versuche, so viele Hemden fertig zu machen, wie du in der Zeit schaffst, die wir noch haben. Ich vertraue dir."

Sie wurde rot und nickte. Für einen kurzen Moment standen sie so, dann befreite sie ihre Hände und machte sich wieder daran, die Nesseln der letzten Nacht zu hecheln.

Laurent seufzte und wandte sich den anderen zu.

„Lasst uns die eilige Abreise wenigstens vorbereiten. Wir könnten alles packen, was wir im Moment nicht brauchen und es an einem sicheren Ort im Wald verstecken. Wenn wir nur das Nötigste hierbehalten und jede Nacht unsere ausgefallenen Federn einsammeln, können wir jederzeit fliehen, wenn es notwendig wird."

In der nächsten Stunde waren alle äußerst beschäftigt. Alle liefen herum und packten das ein, was sie für wichtig hielten. Manchmal musste Laurent vermittelnd eingreifen, aber die meiste Zeit ging alles glatt. Als sie ihre Habe zum Wald brachten, überraschte Albert alle. Ohne Mühe fand er das perfekte Versteck – den hohlen Stamm einer riesigen Eiche.

Laurent zerstrubbelte seine Haare. Als Belohnung durfte er als Erster etwas zu Essen aus Laurents Körben wählen, als sie kurz vor Sonnenaufgang zum Friedhof zurückkehrten.

In den nächsten Tagen arbeitete Michelle wie verrückt. Sie schlief kaum, und ihre Hände und Füße wurden mit jeder Stunde, die verging, roter und tauber. Sie tat ihr Bestes, den Schmerz zu ignorieren. In der kurzen Zeit, die sie schlief, träumte sie davon, dass ihr jemand Nadeln in die Glieder stieß und Pfeile auf ihre Schwäne abschoss.

Wenige Stunden vor Sonnenaufgang des sechsten Tages, hatte sie endlich genug Garn für sieben Hemden zusammen. Sie fädelte den Anfang des ersten Knäuels in ihre Strickmaschine ein. Dann nahm sie ein Messer und schnitt sich in die Haut auf der Rückseite ihrer Hand. Blut quoll hervor und tropfte auf die Strickhaken.

„Was machst du da?" Jorge trat neben sie und riss ihr das Messer aus der Hand.

Sie zeigte auf die Maschine, dann zum Garnknäuel und hoffte, er würde verstehen, dass dieses kleine Opfer nötig war. Er sah wortlos in ihre Augen. Dann beugte er sich vor und küsste sie sehr sanft auf die Lippen. Ihr Herz raste, und Hitze rollte durch ihren Körper. Als er sich wieder aufrichtete, seufzte sie sehnsüchtig. Es war wunderbar, endlich seine Gefühle zu kennen. Bevor sie etwas tun konnte, schnitt er ebenfalls durch die Haut auf der Rückseite seiner Hand und fügte Michelles Blut auf der Maschine etwas von seinem hinzu. Sie öffnete den Mund, um zu protestieren, aber er legte einen Finger auf ihre Lippen.

„Das muss sein."

„Hey, wir wollen auch." Didier und Francois kamen mit Jerome, Réné und Albert im Schlepptau angerannt.

Jorge nickte und schnitt ihnen auch in die Hand. Weitere rote Tropfen färbten die Haken der Maschine. Michelle konnte den Jungen nicht sagen, dass ihr Blut nicht nötig war, also versuchte sie es gar nicht erst.

„Ich auch." Albert streckte seine kleine Hand aus. Michelle schüttelte den Kopf, aber Jorge zögerte nicht. Es brach ihr das Herz, zu sehen, wie ihr kleiner Bruder zusammenzuckte, als Jorge ihn schnitt. Trotzdem schien es irgendwie richtig, der Maschine ein wenig von jedermanns Blut hinzuzufügen. Es war eine symbolische Geste der Unterstützung, die sie sehr berührte.

„Laurent fehlt noch", sagte Réné. Sofort liefen alle Jungen los, um ihn zu holen. Als er das gemeinsame Blut auf den Haken sah, streckte er bereitwillig seine Hand aus.

„Ich hoffe sehr, dass das klappt." Er starrte die Haken an, die sich langsam bewegten, als Michelle die Kurbel drehte. „Wir haben nur noch einen Tag, bevor sie kommen."

„Ich werde Ausschau halten." Jorge gab ihm das Messer und lief davon.

Michelles Herz ging mit ihm. Es würde nur zwei oder drei Stunden dauern, alle Hemden fertig zu stellen. Sie verband die anderen Garnknäuel mit den automatischen Führungen, so dass die Maschine, wenn nötig, ohne Aufsicht laufen konnte. Mit ihrer freien Hand deckte sie den Apparat mit Altmetall ab und vergewisserte sich, dass die Geräusche, die die Maschine machte, von der Verkleidung gedämpft wurden. Dann setzte sie sich daneben und drehte die Kurbel immer weiter. Sie hatte einen Aufziehmechanismus erfunden, der ihr erlaubte, die Kurbel nach fünf Minuten loszulassen. Die Maschine würde anschließend bis zu eineinhalb Stunden allein laufen.

Jorge kam zurück gerannt. „Sie kommen!"

Michelles Herz fiel wie ein Stein. Sie konnte die Maschine nicht verlassen. Nicht jetzt. Sie war so kurz davor, den Fluch zu brechen!

Als ihre Brüder in die Gruft stürmten, versteckte sie sich in den Büschen hinter ihrer Maschine.

Laurent musste nichts sagen. Die letzten Besitztümer wurden in Nullkommanichts gepackt, und alle liefen durch die hintere Pforte Richtung Wald. Erst als sie das Unterholz erreichten bemerkte er, dass Michelle fehlte.

Er fluchte. „Wir müssen zurück."

„Können wir nicht. Sieh mal." Jorge zeigte auf den Friedhof, der von Soldaten umringt wurde.

Laurent verfluchte noch einmal.

„Soll ich meine Freunde rufen?" Albert schob seine Hand in Laurents. Er sah zu ihm hinunter und lächelte.

„Ich fürchte, dass sie keine große Hilfe sein werden. Wir müssen uns etwas anderes ausdenken."

„Warum gehen wir nicht hin und reden mit Pierre?", fragte Réné. Laurent starrte seinen normalerweise so stillen Bruder an.

Réné wurde rot und sprach weiter. „Er jagt Schwäne, richtig? Wenn wir nicht trödeln, sind sie fort, bevor die Sonne aufgeht."

„Wir können nicht alle gehen; das wäre zu gefährlich", sagte Laurent. „Als Ältester sollte ich gehen."

„Und ich komme mit, weil Elsa meine Schwester ist." Jorge stellte sich neben ihn. Er wirkte entschlossen. Laurent wusste, dass er ihn nicht würde umstimmen können. Er schnitt den Protest seiner Brüder mit einer Geste ab.

„Jorge und ich werden es mit Rénés Idee versuchen. Der Rest bleibt hier, um Albert zu beschützen. Seid so leise ihr könnt."

Widerwillig folgten seine Brüder einem Wildpfad tiefer in den Wald. Laurent nickte Jorge zu, und sie gingen zurück. Da der Raum zwischen dem Friedhof und dem Wald mit Gras bewachsen war, konnten sie sich nicht verstecken und wurden bald entdeckt. Mehrere Soldaten richteten ihre Waffen drohend auf die beiden, hoben sie aber in dem Moment wieder an, als sie Laurent erkannten.

„Herr!" Ein Soldat grüßte, und andere folgten seinem Beispiel. Laurent nickte ihnen zu. Ungehindert betraten die beiden jungen Männer den Friedhof und gingen auf die Gruft zu.

„Ich hole Michelle, und du kannst mit Pierre reden", flüsterte Jorge.

„Es wird nicht viel nutzen mit Pierre zu reden, solange er unter Elsas Bann steht", flüsterte Laurent zurück. „Ich bin nur hier, um Michelle zu holen."

Ein Schatten tauchte vor ihnen auf, und sie duckten sich schnell zwischen die Büsche. Laurent hielt die Luft an. Es war der Landstreicher, den sie schon früher gesehen hatten. Mit einer der modernen Feuerwaffen in der Hand huschte er schussbereit den Pfad entlang.

Plötzlich war sich Laurent völlig sicher, dass er der Einzige war, der ohne zu zögern Schwäne erschießen würde. Die Soldaten würden es auch tun, aber nur auf expliziten Befehl, und sie würden sich beim Zielen Zeit lassen. Instinktiv packte er die

Waffenhand des Landstreichers und zog. Der Mann stolperte mit einem kleinen Schrei vorwärts. Laurent nahm einen Stein und schlug ihn gegen seinen Kopf. Der Landstreicher sank in sich zusammen. Eine Untersuchung ergab, dass er trotzdem am Leben war.

Jorge band ihm die Arme und Beine zusammen, während ihn Laurent knebelte. Nachdem sie ihn gut unter den Büschen eines eingesunkenen Grabs versteckt hatten, gingen sie weiter. Je näher sie dem Eingang des Friedhofs kamen, desto mehr Leute liefen herum. Es wurde schwerer, sie zu umgehen, aber sie erreichten die Gruft ungehindert. Besorgt sah Laurent zum Himmel. Es wurde schon ein wenig heller. Durch ihr Kommen hatten sie wertvolle Zeit vergeudet, aber Michelle zurückzulassen, stand außer Frage.

Er staunte über ihren Mut und ihr Genie. Die Kurbel der Maschine war nur eine Armlänge von der Tür der Gruft entfernt, sah aber wie Altmetall aus. Nicht einer der Männer, die den Friedhof durchsuchten, schenkte ihr einen zweiten Blick. Da entdeckte er, dass Michelle mit einem Auge aus der Gruft heraussah.

„Findet die Hexe." Elsas Stimme klang hart, was Laurent die Haare zu Berge stehen ließ. „Sie muss hier irgendwo sein."

„Und bringt sie mir lebend. Ich muss wissen, ob ich meine Brüder wirklich durch das Töten aller Schwäne retten kann." Pierres Stimme hatte sich verändert. Er klang selbstsicher und energisch. Wäre die Situation anders, wäre Laurent stolz auf ihn. Der Gedanke war kaum verklungen, als ihm die Mündung einer Waffe zwischen die Schulterblätter gedrückt wurde.

„Ganz langsam aufstehen." Der Soldat hinter ihm klang ziemlich jung. „Wenn du dich zu schnell bewegst, erschieße ich dich."

Laurent hob die Hände, um zu zeigen, dass er unbewaffnet war, und erhob sich.

„Ich bin Prinz Laurent", sagte er und drehte sich um. „Ich kam her, um mit meinem Bruder zu reden."

„Das kann jeder sagen." Der Soldat trug die Uniform von Jorges und Elsas Land.

Laurent erwartete, dass Jorge für sie sprechen würde, aber sein Freund war nicht länger an seiner Seite. Als er sich umsah, konnte er ihn auch nicht entdecken. Er lächelte den Soldaten an. Es gab immerhin noch etwas, das er tun konnte, damit Jorge die Chance bekam, Michelle zu retten.

„Bring mich zu Prinz Pierre, und du wirst es sehen."

„Bewegung." Der Soldat zeigte in die Richtung, in die Laurent gehen sollte. Mit erhobenen Händen machte er sich auf den Weg zur zeremoniellen Mittelgasse des Friedhofs. Pierre und Elsa standen neben dem Brunnen. Pierre trug seine dunkelblaue Staatsuniform mit den goldenen Epauletten, seinem Rapier und allem anderen. Ein großes Luftschiff war an die Bank gebunden, auf der normalerweise Laurents Lichtfrau erschien. Er bedauerte, dass er ihr nicht würde helfen können. Er biss sich auf die Lippe. Doch über verschüttete Milch zu weinen, war nutzlos. Sollte ihn Pierre gehen lassen, bevor er sich in einen Schwan verwandelte, würde er die böse Hexe eifriger suchen.

„Laurent!" Pierre lief auf ihn zu und umarmte ihn. „Ich habe dich so vermisst. Wo sind die anderen? Wo ist Michelle? Was ist passiert? Elsa sagte, du wärst von verfluchten Schwänen entführt worden."

Laurent umarmte seinen Bruder ebenfalls. Vielleicht konnte er die verdrehte Geschichte, die sich Elsa ausgedacht hatte, gegen sie verwenden.

„Das ist nicht wahr", sagte er. „Wir wurden verflucht und zu Schwänen gemacht."

„Unglaublich!" Elsas Stimme schnitt durch seine Seele wie ein Messer. „Wer würde so etwas tun?"

„Oh je. Meine Suche nach den verfluchten Schwänen hätte dich umbringen können. Wenn ich das nur gewusst hätte." Pierre wandte sich einem Soldaten zu. „Informiere sofort alle, dass es verboten ist, auch nur einen weiteren Schwan zu töten. Schnell."

Der Soldat drehte sich um und lief davon.

„Sagst du mir jetzt, wo die anderen sind?" Pierre hakte sich bei Laurent unter und zog ihn zur Bank, wo das Schiff angebunden war. „Ich will alles über deine Abenteuer hören."

„Herr?" Ein Kapitän blieb vor Pierre stehen und salutierte. „Wir haben ein Mädchen gefunden, das sich in einer Gruft versteckt. Wir haben sie vorerst eingeschlossen. Was sollen wir mit ihr tun?"

Nein, nicht Michelle … Laurents Herz zog sich schmerzhaft zusammen. Wo war Jorge?

„Ich komme." Pierre schleifte Laurent mit sich, dessen Herz mit jeder Minute schwerer wurde. Elsa folgte ihnen. Als sie die Gruft erreichten, öffneten zwei Soldaten das geschmiedete Eisentor. Zwei weitere schleiften Michelle heraus. Sie wirkte ziemlich unförmig mit den Lumpen, die sie sich um den Bauch gebunden hatte. Laurent musste zweimal hinsehen, bis er erkannte, dass es die Hemden waren, die sie herstellte.

„Wer bist du?", forderte Pierre.

Laurents Mund klappte auf. Wie konnte Pierre seine eigene Schwester nicht erkennen?

„Es ist Michelle", wollte er sagen, doch keine Silbe verließ seinen Mund.

„Ich wette, das ist die Hexe", sagte Elsa. „Wenn sie die Prinzen verflucht hat, macht es Sinn, dass sie in ihrer Nähe geblieben ist. Schließlich wissen wir nicht, wofür sie sie wollte."

„Du hast sicher recht, Teuerste." Pierre lächelte sie an, und sie erwiderte es mit einem entschieden wölfischen Grinsen.

Laurent wollte protestieren und den Verstand in seinen Bruder zurück schütteln, aber sein Körper gehorchte ihm nicht. Oh, wie er sich danach sehnte, die Hexe zu erwürgen! Er starrte Elsa an, und sie lächelte süß.

„Der Fluch wird vielleicht gebrochen, wenn wir die Hexe töten", sagte sie zu Pierre. Sie amüsierte sich offensichtlich köstlich. Laurent blickte zu Michelle und wünschte, sie würde etwas sagen, doch sie starrte schweigend auf einen Punkt hinter ihm.

Ein Soldat schrie. Dann noch einer. Immer mehr Schreie folgten. Bald strömten Soldaten an ihnen vorbei.

„Geister!" Der Kapitän packte Pierres Arm. „Sie müssen sich in Sicherheit bringen, Herr."

„Wir gehen nirgendwohin, bevor ich meine Brüder erlöst habe", sagte Pierre. Er zeigte auf eine Kreuzung nahe der Gruft. „Einige Soldaten sollen dort einen Scheiterhaufen errichten. Wir verbrennen die Hexe."

„Ginge es nicht viel schneller, wenn du sie enthaupten ließest?" Elsas Stimme klang wie das Schnurren einer Katze.

„Jeder weiß, dass man eine Hexe nur durch Verbrennen töten kann." Pierre wandte sich wieder seinem Kapitän zu. „Die Geister sind wahrscheinlich nur Illusionen, die von der Hexe geschickt wurden, um euch einen Schrecken einzujagen. Darauf fallen wir nicht herein. Jetzt geht Holz sammeln."

Laurent konnte sehen, dass der Kapitän nicht gerne tat, was ihm befohlen wurde. Der Blick des Mannes flog von Pierre zu Michelle und zurück, und sein Mund zitterte, als wolle er etwas sagen, könne es aber nicht. Es war offensichtlich, dass er Michelle auch erkannt hatte. Trotzdem salutierte er, drehte sich um und rief wie befohlen seine Männer zum Holzsammeln zusammen. Laurent fragte sich, wie viele Leute Elsa mit ihrer Magie wohl kontrollieren konnte. Vielleicht war es nur einer zur Zeit.

„Das Mädchen ist nicht die Hexe, Pierre." Laurent grinste, als er merkte, dass er wieder frei sprechen konnte. „Es ist El–"

Ein Schuss klang durch die Nacht, und feuriger Schmerz pulsierte durch Laurents Schulter. Ungläubig hob er seinen Blick vom Blut auf seinem Hemd zum Kapitän, der mit der rauchenden Waffe in der Hand und großen Augen dastand. Die

Welt um Laurent herum schien zu schrumpfen. Der Kapitän wurde ergriffen und entwaffnet, Michelle zurück in ihr Grab geschoben und die Tür abgeschlossen. Laurent merkte kaum, wie Hände sein Hemd aufrissen. Sein Blick klebte am orangefarbenen Glühen des Himmels, das das Feuer in seiner Schulter spiegelte. Dann versank die Welt in Schwärze.

Michelle zwang die Tränen zurück. Sie durfte auf keinen Fall weinen. *Nicht Laurent. Bitte!* Sie wagte nicht, laut zu beten. Jetzt war es dringender denn je, die Hemden fertigzustellen. Sie tastete nach den vier, die sie schon um ihre Hüften geknotet hatte.

„Er lebt noch. Holt den Arzt." Pierres Stimme klang laut und deutlich über den Friedhof hin.

Michelle seufzte vor Erleichterung, sank an der Mauer der Gruft herab und wunderte sich über die Situation. Warum hatte Pierre sie nicht erkannt? Würde er sie wirklich verbrennen lassen? Wenn ja, wie lange würde es dauern, bis seine Männer genug Holz geholt hatten? Sie starrte die Kurbel an. Sie würde bald wieder gedreht werden müssen. Während sie näher zur Tür robbte, beobachtete sie die Soldaten, die sie bewachten. Sie hatten ihr die Rücken zugewandt, und Pierre war damit beschäftigt, Leute herumzukommandieren, die kleine Mengen Holz an ihm vorbei trugen.

„Schickt ein paar Männer in den Wald", befahl er.

Als Michelle dann noch entdeckte, dass Elsa auf einem Liegestuhl ruhte, den jemand ein Stück entfernt von der Gruft für sie aufgestellt hatte, wagte sie, ihre Hand durch das Gitter zu schieben. Sie hatte den Abstand richtig berechnet, als sie die Maschine aufgestellt hatte. Sie nahm die Kurbel sehr vorsichtig in die Hand. In diesem Moment erschien ein goldenes Licht neben ihr. Es flackerte, was Michelle als Frage deutete.

Sie zeigte auf Laurent, der von Pierre nicht weit entfernt im Schatten eines Baums ins weiche Gras gelegt worden war. Jemand hatte seine Schulter verbunden, aber es blutete schon durch.

Bei dem Anblick ging das Licht aus, erschienen aber sofort wieder. Michelle zeigte auf Elsa und machte warnende Gesten. Das Licht hüpfte auf und ab. Sie hoffte sehr, dass es sie richtig verstanden hatte. Kommunikation ohne Sprache war äußerst schwierig, besonders wenn einer der Partner eine Kugel aus Licht war. Michelle sah ihr nach. Das Licht trieb dicht am Boden entlang und versteckte sich unter Büschen, wann immer möglich. Michelle nahm erneut die Kurbel auf. Als sich das Licht auf Laurents Brustkasten legte, drehte sie den Griff langsam, stetig und nahezu geräuschlos, froh darüber, dass sie die Stange gut genug geschmiert hatte.

Plötzlich sprang Elsa auf, zeigte auf Laurent und schrie wie verrückt.

„Die Hexe bringt ihn um!"

Das Licht ging sofort aus, und Michelle ließ die Kurbel los. Bevor sie ihre Hand völlig zurückziehen konnte, schossen die Wachen herum. Einer von ihnen schmetterte den Kolben seiner Waffe auf ihren Unterarm.

Sie schrie vor Schmerz, als ihre Knochen zersplitterten. Aber sie presste die Augenlider aufeinander und es gelang ihr mit Müh und Not, die Tränen zurückzuhalten. Es war das Schwerste, was sie je getan hatte. Im selben Moment blinzelten die ersten Strahlen der Sonne über den Horizont, und Laurent verwandelte sich. Pierre schrie entsetzt auf, als er sah, wie die Glieder seines Bruders zucken und sich verändern. Die Verwandlung dauerte nur wenige Sekunden.

Michelle kämpfte weiter gegen die Tränen. Der Schmerz in ihrem Arm hatte ihr Wasser in die Augen getrieben, aber sie schaffte es, nicht zu weinen. Dabei presste sie ihren Arm gegen ihre Brust. *Hoffentlich ist die Maschine weit genug aufgezogen.* Sie versuchte, an Jorge zu denken, um den Schmerz zu vertreiben, fand es aber wirklich schwer, sich zu konzentrieren. Ein lautes Geschnatter sagte ihr, dass Laurents Verwandlung abgeschlossen war. Voll Freude sah sie zu, wie er mit den Flügeln schlug und schließlich abhob. Einige Minuten später gesellten sich fünf weitere Schwäne zu ihm.

„Nicht schießen! Das sind meine Brüder", befahl Pierre, obwohl sich keiner der Soldaten bewegt hatte. „Albert, Francois, Réné, Didier, Jerome. Herunterkommen. Wir finden einen Weg, euch zu retten." Aber die Schwäne hörten nicht auf ihn. Sie stiegen höher und höher, bis sie kaum mehr als weiße Flecken am Himmel waren. Pierre fluchte.

„Stimmt was nicht, Liebster?" Elsa stand auf, ging zu ihm und legte ihre Hand auf seinen Arm.

„Solange sie so hoch oben sind, können wir die Hexe nicht verbrennen. Sie würden alle zu Tode stürzen."

Michelle seufzte vor Erleichterung. *Bleibt weg,* dachte sie. *Bitte bleibt in der Luft, solange ihr könnt.* Ein leises Rauschen zog ihren Blick auf die Maschine. Ein weiteres Hemd war nicht weit von der Kurbel im Gras gelandet. Sie sah zu den Soldaten, aber die starrten alle in den Himmel, wo die weißen Flecken immer noch kreisten.

„Macht das Luftschiff fertig", befahl Pierre. „Wir fangen sie mit Netzen. Und wenn sie sicher am Boden sind, verbrennen wir die Hexe."

Sofort begannen die Leute, hin und her zu laufen. Michelle war froh darüber, dass sie für den Augenblick vergessen worden zu sein schien. So leise sie konnte streckte sie ihren unverletzten Arm aus, nahm das Hemd und zog es in die Gruft. Jetzt fehlen nur noch zwei. Es war etwas schwierig, es wie die anderen um ihre Taille zu binden, weil sie nur einen Arm benutzen konnte, aber sie kam zurecht. Dann schloss sie die Augen und wartete.

Laurent beobachtete, wie das Luftschiff abhob.

„Sie werden versuchen, uns mit Netzen zu fangen", rief er den anderen zu. „Seid ihr sicher, dass Albert das schafft? Er ist noch so klein." Er war nicht gerne von einem Fünfjährigen abhängig.

„Du hättest seine Armee sehen sollen", krächzte Jerome. „Sie ist beeindruckend. Und jetzt lasst uns Michelle Zeit verschaffen."

Sie verteilten sich und wichen dem sich nähernden Schiff leicht aus. Der riesige, zigarrenförmige Ballon war nicht für schnelle Manöver gebaut, so dass es den Schwänen keine Mühe machte, den Netzen auszuweichen, die die Mannschaft über sie zu werfen versuchte.

„Sie kommen", rief Jorge. „Ablenkung, start!"

Didier und Francois schrien vor Freude und gingen als erste in den Sturzflug über. Kurz bevor sie den Boden erreichten, öffneten sie ihre Füße und ließen kleine, eingewickelte Päckchen auf Elsa fallen. Das Mädchen schrie, als Schlamm und Tierdung auf sie spritzte. Sofort waren alle, die noch neben dem Scheiterhaufen standen, damit beschäftigt, sie zu reinigen. Laurent stellte zufrieden fest, dass sich die Soldaten auf der Waldseite des Friedhofs schon zurückgezogen hatten, so dass der Aufmarsch von Albert und seiner Armee nahezu unbemerkt geschah. Er schickte Jerome zum Brunnen in der Mitte des Friedhofs. Sein Bruder füllte seine Federn mit so viel Wasser, wie sie halten konnten, und schüttelte es über den Soldaten neben dem Grab ab. Laurent schickte Réné und Jorge, um dasselbe zu tun. Erleichtert bemerkte er die kleine Hand, die sich durch das Gitter der Gruft schob, um sich ein weiteres Hemd zu schnappen.

Da seine Brüder und Jorge Pierre und seine Soldaten beschäftigten und Elsa abgelenkt war, flog Laurent zum rückwärtigen Tor des Friedhofs und öffnete es, was ohne Hände gar nicht so einfach war. Als es endlich aufschwang strömte eine Welle winziger Tiere hindurch. Maulwürfe, Mäuse, Vögel – sogar Insekten – sausten in Richtung der Gruft. Er flog vor ihnen her und ließ von Zeit zu Zeit eine Feder fallen, um den Weg zu markieren. Er war nicht ganz glücklich darüber, dass sie nur kleine Tiere hatten, aber vielleicht reichte es, Pierre und Elsa lange genug zu beschäftigen, dass er Michelle befreien konnte.

Als er die Gruft erreichte, stellte er fest, dass zwei Soldaten Michelle auf den Scheiterhaufen zu schleiften. Entweder hatte Pierre entschieden, dass seine Brüder nahe genug am Boden waren, oder, was wahrscheinlicher war, Elsa hatte genug und benutzte ihre Fähigkeit, Menschen zu kontrollieren. Instinktiv landete Laurent und glitt in die Lücke zwischen Gruft und Maschine. Es rauschte, und noch ein Hemd fiel heraus. Dann hörte das Gerät auf zu arbeiten. Laurent sah das Hemd an, dann seine schwankende Schwester, dann wieder das Hemd. *Wir haben zu wenig Zeit.*

Jorge flog direkt in die Fackel, die einer der Soldaten angezündet hatte, während zwei andere Michelle an den Pfahl in der Mitte des Scheiterhaufens banden. Wegen ihres verletzten Arms wanden sie ein Seil unter ihren Armen um ihre Brust und erlaubten ihr den einen Arm mit dem anderen festzuhalten.

Zwei weitere Soldaten kamen mit Fackeln, und nasse Schwäne löschten sie. Dann erreichte die Welle der kleinen Tiere die Gruft, und Chaos brach aus. Elsa versuchte wie verrückt auf etwas zu klettern, auf irgendetwas, selbst wenn es ein Soldat war, nur um den Mäusen zu entkommen. Soldaten liefen fluchend herum und versuchten alles, um Maulwürfe, Mäuse und Vögel abzuschütteln. Laurent schnappte sich das Hemd mit dem Schnabel und watschelte auf Michelle zu. Es war nicht leicht, die stampfenden Soldaten zu umgehen, aber er kam gut voran, bis Alberts Hauptstreitmacht ankam.

Bären, Wölfe, Füchse, Rotwild und andere Tiere griffen alles an was von Pierres Männern noch übrig war. Jorge, Jerome und Réné hatten Elsa umgeworfen und schlugen mit ihren Flügeln auf sie ein so hart sie konnten. Didier und Francois versuchten, Holz vom Scheiterhaufen zu ziehen. Eine Gruppe Mäuse kletterte den Pfahl hinauf, um das Seil durchzunagen, das Michelle hielt. Über ihnen schrie ein Schwan. Laurent sah auf und erkannte Albert, der über ihm flog. *Unglaublich,* dachte er. *Ich habe nicht erwartet, dass Albert je wieder fliegen würde.*

Die Landung seines kleinen Bruders war ein wenig unbequem, hauptsächlich für den Soldaten, auf dem Albert gelandet war, aber er kam ohne Absturz herunter. Er sah sich um und quietschte vor Freude.

„Ich hab's geschafft! Sie sind alle hier." Er hüpfte von einem Fuß auf den anderen.

„Zieh das Hemd an", rief Laurent und breitete das lockere Gewebe so gut auf dem Boden aus wie er konnte. Und endlich tat Albert ohne zu zögern einmal das, was ihm gesagt wurde. Laurent schrie so laut er konnte und schlug mit den Flügeln, bis Michelle zu ihm herüber sah. Ihr Lächeln erhellte den Tag. Mit ihrer unverletzten Hand begann sie, die Hemden von ihrem Bauch abzuknoten. Jedes Mal, wenn sie eines in die Höhe hielt, rief Laurent einen Namen.

„Jorge!" Der Schwan sauste herbei und schlüpfte in das Hemd. Er sah darin lächerlich aus.

Dann zog Laurent selbst ein Hemd an. Es prickelte trotz seiner Federn auf der Haut.

„Réné!"

„Jerome!"

Laurent bemerkte ein unheimliches Glühen um die Schwäne, die bereits ein Hemd trugen. Elsa schrie die Soldaten an, so laut sie konnte, und befahl ihnen, die Hemden zu zerschneiden. Aber die Männer waren zu sehr damit beschäftigt, sich gegen die Tiere zu verteidigen.

„Didier, Francois! Ihr müsst eure Hemden gleichzeitig anziehen."

„Kein Problem, Brüderchen." Die Zwillinge stießen herab, pickten unterwegs Elsa noch einmal, landeten vor Michelle und schoben ihre Köpfe die letzten beiden Hemden. Das Glühen um die Schwäne herum intensivierte sich, und Laurent wurde heiß.

„Jetzt könnt ihr nach Hause gehen", rief Albert seinen Freunden zu.

Albert rief etwas, und Michelle war sich sicher, dass sie Worte verstand. Irgendetwas über ein Zuhause. Sofort drehten sich alle Tiere zum Wald um und rannten davon. Sie sorgte sich um sie, bis sie merkte, dass die meisten Soldaten zu erleichtert darüber waren, sie gehen zu sehen, als dass sie ihnen nachjagten. Außerdem starrten sie ungläubig auf die Schwäne, die langsam wieder zu Menschen wurden.

„Wir haben es geschafft!" Michelle zerrte an dem Seil um ihre Brust, und es riss. Für den Fall, dass die Mäuse, die es zernagt hatten, immer noch da waren, dankte sie ihnen. Bevor sie vom Scheiterhaufen klettern konnte, berührte etwas Weiches ihre Brust. Wärme zog durch ihren Körper und der Schmerz in ihrem Arm klang ab. *Laurents Freundin! Wie kommt es, dass sie am Tag hiersein kann?* Sie schirmte ihre Augen ab und starrte an sich hinunter. Ein winziger Lichtball schwebte zwischen ihren Brüsten. Er flackerte in einem bestimmten Muster. Michelle hatte das Gefühl, dass der Geist etwas von ihr wollte, aber sie verstand nicht was.

„Das wirst du bezahlen!" Elsa trat auf sie zu, hob ihre Hände und sprach seltsame Worte, die die Morgenluft durchschnitten und die Haare auf Michelles Armen zu Berge stehen ließen. Elsas Finger spielten mit zwei grünen Feuerbällen, die mit jedem Wort, das sie sprach, wuchsen. Michelle trat eilig rückwärts und duckte sich, als Elsa den ersten Ball warf. Der Baum hinter ihr explodierte in einem Regen aus grünen Funken.

Michelle sah zu dem Licht auf ihrer Brust hinunter. Es blinzelte mehrfach schnell, als wolle es etwas erklären. „Ich verstehe dich nicht, aber was auch immer du tun willst, tue es!"

Energie floss durch ihren Körper, und eine leise Stimme in ihrem Verstand flüsterte: „Danke."

Dann verwandelte sich ihre Welt in weißglühende Wut.

Als Laurent seinen menschlichen Körper zurück hatte, stand Pierre über ihm, mit einer Waffe in der Hand. Bevor er den

Auslöser drücken konnte, schmetterte ihm Jorge etwas gegen die Schläfe, und Pierre brach zusammen.

„Michelle!", rief Jorge und lief davon.

Unendlich froh darüber, seinen Körper wiederzuhaben, kämpfte sich Laurent auf die Füße. *Das Einzige, was ich wirklich vermissen werde, ist das Fliegen ohne die Hilfe von Luftschiffen,* dachte er und sah sich nach seiner Schwester um.

Elsa schleuderte einen grünen Feuerball auf Jorge. Im letzten Moment warf er sich zu Boden. Das Feuer versengte nur seine Haare.

Laurent riss Pierre das Rapier vom Gürtel und griff ohne ein Wort an. Elsa erschuf einen weiteren Feuerball, musste ihn aber werfen, bevor er groß genug war, um Schaden anzurichten. Das Rapier schnippte ihn beiseite und schnitt dann in Elsas Schulter. Sie schrie vor Schmerz und schwankte rückwärts auf die Gruft zu.

Bevor Laurent ihr folgen konnte, rannte Michelle mit ausgestreckten Armen auf Elsa zu. Als sie an ihm vorbei flog, bemerkte Laurent zwischen ihren Fingern etwas, das wie zerbrechliche Spinnweben aussah.

Elsa hob die Arme, als wolle sie abwehren, was auch immer auf sie zukam. Das kaum sichtbare Netz fing sie, glitt durch sie hindurch, und schob eine dunkle, rauchige Wolke vor sich her. Der Körper blieb wie erstarrt zurück.

Laurent gefror das Blut in den Adern. Sein Herz zog sich zusammen, und seine Beine weigerten sich, sich zu bewegen. Etwas Helles strömte aus Michelles Körper und wirbelte um die rauchige Wolke herum, bevor es in Elsas Körper verschwand. Die Wolke kämpfte erfolglos gegen die kaum sichtbaren Fasern des Netzes. Laurent schwang sein Rapier und trat neben seine Schwester. Michelle schüttelte den Kopf, als erwache sie aus einem Traum.

Als das letzte Licht vollständig in Elsas Körper verschwand, musste es das Netz loslassen. Sofort griff die dunkle Wolke

Laurent und Michelle an. Laurent durchstach sie mit seinem Rapier, und sie flog ein Stück zurück.

Michelle huschte um sie herum und riss den Deckel von ihrer Maschine. Mit seinem Rapier hielt Laurent die Wolke in Schach und beobachtete mit Interesse, wie Michelle die losen Enden des Netzes mit ihrer Maschine verband. Dann kniete sie sich hin und drehte an der Kurbel. Die Maschine erwachte erneut zum Leben.

Die Wolke kreischte, als sie rückwärts gerissen wurde, aber der Mechanismus saugte sie erbarmungslos ein.

„Das hast du verdient." Michelle stellte sich neben ihren Bruder. Dann rieb sie ihren Arm, und Laurent erinnerte sich daran, dass ihr die Wache den Knochen zertrümmert hatte.

„Soll ich einen Arzt holen?"

„Nein. Elsa hat den Knochen schon geheilt. Die Muskeln tun nur noch ein wenig weh, aber das wird schon wieder." Michelle ging zu Elsa, die zusammengebrochen am Boden lag, und half ihr auf. „Alles in Ordnung?"

Elsa stand mit leeren Augen vor ihnen. Licht, in der Sonne kaum sichtbar, tanzte über ihr ...

„Komm schon. Du hast gesagt, dass du wieder hinein kannst, sobald die Hexe aus deinem Körper heraus ist." Michelle beugte sich vor, als ob sie auf etwas lausche.

Plötzlich fielen für Laurent alle Puzzelteile an ihren Platz. Sein Geist musste die wirkliche Elsa sein, und ihr Körper war von der Hexe besetzt worden. Er sah zu der Maschine, die immer noch leise klappernd Hexe und Netz zu einem losen Gewebe verstrickte. Es war beinahe fertig. Das dunkle, wolkige Zeug, das die Hexe war, zappelte wütend in den Schlaufen des Netzes. Es gab nicht genug Material für ein ganzes Hemd, aber das war nicht wichtig. Sanft nahm Laurent den Stoff aus der Strickmaschine und trug ihn zum Scheiterhaufen, wo er ihn auf das Holz legte.

„Hat irgendjemand Feuer?", rief er den Leuten zu, die mit verwirrten Gesichtsausdrücken herumstanden. Ein Soldat trat vor und reichte ihm Streichhölzer. Laurent entfachte das Feuer. Es brauchte eine Weile, um sich durch den ganzen Scheiterhaufen zu fressen. Der schwarze Rauch versuchte verzweifelt, aus seinem Gefängnis zu entkommen, aber die Strickmaschine hatte gute Arbeit geleistet. Bald wurde das Gewebe vom Feuer verschluckt.

Im selben Moment jubelte Michelle und Pierre setzte sich auf.

„Was ist passiert?", fragte er und sah sich verwirrt um. „Was mache ich auf einem Friedhof?"

„Sie hat es geschafft!" Michelle packte Laurents Arm und zog ihn zu Elsa. Die Prinzessin sah ihn mit großen Augen an.

„Du hast sie getötet."

„Das hatte ich doch versprochen."

„Wie kann ich dir jemals dafür danken?"

Laurent sah sie alle an: den verblüfften Pierre, seine Brüder in ihrer Menschengestalt, Albert, der eine Maus in der Tasche versteckte, Jorge, der den Arm um Michelles Schultern gelegt hatte, und Elsa. Ihre Augen funkelten wie Zwillingssterne. Statt einer Antwort trat er vor, riss sie in seine Arme und presste seine Lippen auf ihre. Sie versanken in einem Kuss, der zwei Königreiche vereinigen würde.

Bonusgeschichte: Heim und Herd
angelehnt an „Die drei kleinen Schweinchen", Joseph Jacobs

„Was sollen wir jetzt tun?", fragte Stampfer, das älteste Schweinchen. „Der Wolf steht immer noch vor unserem Haus, Brüderchen."

Schlau, das jüngste Schweinchen, lugte durch einen Spalt in den Fensterläden. Es stimmte. Der Wolf stand direkt vor ihrer Eingangstür und rieb sich die angesengte Stelle am oberen Ende seines Schwanzes. Im Augenblick konnten sie nichts dagegen tun, also beschloss Schlau, erst einmal abzuwarten.

„Lasst uns eine Suppe kochen und zu Mittag essen", sagte er zu seinen großen Brüdern. „Immerhin ist das Feuer schon an."

Als sie sich zum Essen setzten, hämmerte der Wolf an die Tür.

„Schweinchen Schlau, gib mir einen deiner Brüder. Nur einen." Als die Schweinchen schwiegen, hämmerte er erneut gegen die Tür. „Meine Kinder verhungern, und ich auch. Du brauchst doch nicht beide."

Sofort klammerten sich Stomper und Plump an die Arme ihres kleinen Bruders.

„Lass ihn bloß nicht rein", flüsterten sie.

„Sie sind nun mal meine Brüder", rief Schlau zur verschlossenen Tür.

„Dann werde ich vor eurer Tür sitzen bleiben, bis ihr merkt, wie furchtbar es ist, hungern zu müssen. Und dann schnappe ich mir das erste Schweinchen, das herauskommt, um Lebensmittel zu besorgen." Ein dumpfer Schlag klang durch die massive Holztür, und als Schlau erneut durch den Spalt im Fensterladen schielte, konnte er gerade noch so die grauen Ohrenspitzen des Wolfes an der Tür erkennen.

„Oh nein", sagte Plump. „Was, wenn das Essen alle wird?"

Schlau sah auf den großen Berg aus Früchten und Gemüse, den ihre Mutter ihnen mitgegeben und den sie in die Küche gelegt hatten. So schnell würden sie nicht verhungern. Genervt sah er Stampfer an, der Essen in sich hinein stopfte.

„Waff?" Stampfer sprach mit vollem Mund. „If geh' nur ficher, daff if genug abkriege."

Schlau seufzte und drehte sich wieder zur Tür um. „Wolf?"

„Gibst du schon auf?"

„Wir können unsere Kartoffeln mit dir teilen. Oder unsere Möhren. Wenn du dich beeilst, ist vielleicht sogar noch Salat übrig." Schlau teilte ihre Vorräte nicht gern, aber wenn es half, das Raubtier loszuwerden, würde er jedes bisschen Essen gegen seine Brüder verteidigen.

„Ich bin ein Fleischesser, Dummkopf. Ich vertrage kein Gemüse. Ich habe es ja versucht – und bekam Bauchschmerzen davon." Der Wolf knurrte, und Stampfer versteckte sich unter dem Küchentisch, dem einzigen Möbelstück im Haus. Plump ließ sich auf den Rücken fallen und tat so, als wäre er tot. Schlau fand, dass die beiden nicht nur albern aussahen, sondern auch völlig nutzlos waren. Es musste doch etwas geben, das er tun konnte. Vielleicht würde er eine Lösung finden, wenn er in die Stadt gehen könnte. Leider würde ihn der Wolf niemals ziehen lassen, oder vielleicht doch? Es konnte nicht schaden, es zu versuchen. Vielleicht gab es in der Stadt einen Jäger, der einen Wolfspelz brauchte. Schlau streckte sich und sprach zu dem Wolf vor der Tür.

„Ich möchte einen Deal machen." Er sah zu seinen Brüdern, die sich um das Essen stritten und sich voll stopften, obwohl sie gar keinen Hunger mehr haben dürften. „Meine Brüder benehmen sich wie Schweine, und ich will nicht verhungern. Was, wenn ich eine Arbeit finde, die uns alle ernähren würde? Dich eingeschlossen?"

„Es gibt keine Jobs. Glaubst du nicht, das hätte ich nicht selbst probiert?" Mit einem Mal wirkte der Wolf nicht mehr nur wie ein halb verhungertes Raubtier. Seine Stimme klang leer und resigniert.

„Würdest du mich rauslassen, damit ich es versuchen kann?" Schlau hielt die Luft an. War es klug, einem hungrigen Wolf zu vertrauen?

Der Wolf blieb eine lange Zeit still, dann seufzte er. „Also gut. Aber wenn du zurückkommst, ohne genug Arbeit für uns beide, werde ich dich fressen."

Mit einem Herz, das wie der Kolben einer Dampfmaschine hämmerte, entriegelte Schlau die Tür und verließ das Haus. Als der Wolf keine Anstalten machte, ihn anzugreifen, verschloss er die Tür hinter sich wieder. Seine Kehle fühlte sich an, als hätte er tagelang nichts getrunken, als er den Wolf noch einmal ansprach.

„Ich werde in der Stadt herumfragen. Gibt es etwas, worin du besonders gut bist?"

„Abgesehen vom Häuser umpusten?" Wolf lachte, aber es klang nicht fröhlich. „Ich kann eine Menge fressen. Ich bin ein guter Jäger und kann so leise sein wie ein Geist."

Ein Funkeln lag in seinen Augen, dass Schlau wünschen ließ, er wäre woanders. Also hielt er sich nicht lange auf, sondern eilte zur Stadt.

Eine Stunde später erreichte er mit müden Füßen die Randbezirke der Stadt. Woher hätte er wissen sollen, dass er sein Haus so weit von der Stadt entfernt gebaut hatte? Erschöpft sah er sich nach einem Job um, der für den Wolf passte. Gleichzeitig erkundigte er sich nach einem Jäger, der ihn und seine Brüder von dem Wolf befreien konnte. Er sprach mit unzähligen Personen, doch der Tag verflog und er hatte nichts vorzuweisen als einen Apfel, den ihm eine mitleidige Seele geschenkt hatte. Müde und unglücklich setzte sich Schlau auf die Stufen vor einem großen Haus in einer Reihe großer Häuser. Das breite Tor neben dem Hauseingang verriet, dass es einem Bauern gehörte. Schlau fragte sich, was ein Bauer in einer Stadt wohl anpflanzen mochte. Er biss gerade in seinen Apfel, als er eine wütende Stimme hörte.

„Ich bezahle Sie nicht dafür, dass Sie mir sagen, dass es nicht geht. Sie haben versprochen, Sie könnten das!"

„Ich habe nur versprochen, es mir anzusehen", sagte eine zweite Stimme, die genauso laut aber weniger wütend klang. „Die anderen Häuser stehen zu dicht. Es ist unmöglich, Ihren Schuppen abzureißen, ohne sie zu beschädigen."

Zwei Männer traten auf das Tor zu. Der Besitzer des Hauses war rot im Gesicht und kämpfte darum, die Hände nicht zu Fäusten zu ballen. Der zweite Mann verabschiedete sich und eilte davon.

„Pah! Unfähiger Idiot." Der Bauer spuckte auf den Boden. Dann bemerkte er Schweinchen Schlau. „Was glotzt du so?"

Schlaus Gedanken rasten. War dies die Gelegenheit, auf die er gewartet hatte?

„Entschuldigen Sie, mein Herr. Ich konnte nicht anders, als Ihr Gespräch mitzuhören. Sie wollen einen Schuppen abreißen lassen?" Er hielt die Luft an. Immerhin war das genau das, was der Wolf gut konnte.

„Ich muss die Scheune erneuern, aber alle Bauleute, die ich bisher gesprochen habe, behaupten, die alte Scheune ließe sich nicht abreißen." Der Bauer musterte ihn von oben bis unten. „Willst du mir erzählen, du könntest etwas, das die besten Bauleute der Stadt nicht zustande bringen?"

„Nun, ich habe einen Abrissspezialisten an der Hand, und ich bin selbst ein guter Baumeister." Schlau stellte sich so gerade hin wie er konnte, um seriös auszusehen. Er wusste, dass es Menschen nicht leicht fiel, den Fertigkeiten eines sprechenden Ferkels zu vertrauen – er hatte den ganzen Tag mit ihrer Ablehnung leben müssen – aber er hoffte, dass der Bauer verzweifelt genug war.

Der Bauer kratzte sich am Kopf. „Ich hab nichts zu verlieren, richtig? Sei pünktlich morgen früh hier."

„Gerne, mein Herr." Schlau verbeugte sich. Von der grummeligen Akzeptanz ermutigt, wagte er eine Bitte. „Herr, mein Spezialist ist am Verhungern, und ich fürchte um mein Leben, wenn ich mit leeren Händen zurückkehre. Könnten Sie vielleicht ein kleines Stück Fleisch entbehren?"

Der Bauer runzelte die Stirn. „Als nächstes willst du einen Beutel Gold als Bezahlung."

„Nein, mein Herr, nur ein wenig Fleisch, damit ich meinen Partner holen kann." Schlau versuchte, nicht zu zappeln.

Der Bauer drehte sich um und ging wortlos davon. Schlau wusste nicht, was er tun sollte. Wenige Minuten später kehrte der Mann mit einem kleinen Stück Schinken zurück.

„Es stammt von einem nicht-sprechenden Schwein", sagte er.

Schlau war überrascht, dass der Bauer rot wurde. Er wusste doch, dass Menschen Schweine aßen. War das nicht der Grund gewesen, warum er und seine Brüder ausgezogen waren, ihr Glück zu machen? Dankbar nahm er den Schinken an. Es sah ziemlich vertrocknet aus, aber Schlau war sich sicher, dass das den Wolf nicht stören würde. Er wartete, bis der Bauer das große Tor geschlossen hatte und eilte nach Hause.

Es war bereits dunkel, als er sich seinem Haus näherte, aber Wolf stand immer noch vor seiner Tür. Er betrachtete Schlau, und ein Tropfen Speichel hing von seinen Lefzen.

„Nun, hast du Arbeit gefunden?"

„Könnte sein." Die Haare in Schlaus Nacken richteten sich auf. Der hungrige Ausdruck in Wolfs Gesicht war noch deutlicher als am Morgen. „Wir müssen mit dem ersten Hahnenschrei in der Stadt sein. Bauern stehen früh auf. Hier ist ein wenig Stärkung für den Weg." Er hielt den Schinken vor sich. Wolf riss ihn Schlau aus der Hand und kratzte ihm dabei vor Gier übers Handgelenk. Er begann, auf dem ledrigen Fleisch herumzukauen. Schlau war sehr glücklich, dass es nicht sein eigener Schinken war, in den sein zukünftiger Partner biss.

„Dann sehe ich dich wohl am Morgen." Wolf trat zur Seite und erlaubte Schlau, sein Haus zu betreten. Stomper und Plump lagen auf dem Rücken im übriggebliebenen Gemüse und schnarchten. Schlau rollte sich unter dem Tisch an einer einigermaßen sauberen Stelle zusammen und schlief ebenfalls.

Lange bevor die Sonne aufging, hämmerte Wolf gegen die Tür und rief: „Es wird Zeit!"

Schlau war so müde, dass er kaum etwas essen konnte. Schweigend wanderte er neben seinem neuen Partner zur Stadt. Wolfs immer noch hungriger Gesichtsausdruck weckte ihn gründlicher als das kalte Wasser, das er zum Waschen benutzt hatte. Als sie sich dem Haus des Bauern näherten, erklärte Schlau die Sache mit der Scheune. Der Bauer wartete bereits auf sie, begierig darauf, ihnen das Gebäude zu zeigen.

„Den anderen Baumeistern habe ich vierzehn Goldstücke und drei Silber geboten", sagte er und deutete auf eine kleine Fachwerkscheune, die in einem Ring aus Häusern stand. „Sie ist zu klein geworden."

Wortlos ging Wolf um das Gebäude und klopfte an verschiedenen Stellen mit der Faust gegen die Fächer aus Stroh und Lehm, während Schlau abschätzte, wie viel Platz für eine neue Scheune verwendet werden konnte.

„Falls mein Partner die alte Scheune abreißen kann, könnte ich die neue beinahe doppelt so groß machen." Er sah zu Wolf. „Und? Ist es machbar?"

„Fünfzehn Goldstücke und acht Silber, Baumaterial extra", sagte Wolf. „Und einen zweiten Schinken vorneweg. Das alles in einem schriftlichen Vertrag festgehalten, so dass sich am Ende niemand herausreden kann."

Die Augen des Bauern weiteten sich. „Sie können die Scheune wirklich abreißen, ohne meine Nachbarn zu gefährden?"

Wolf nickte, was den Bauern so zu überraschen schien, dass er sofort nach dem Schreiber für den Vertrag schickte und den geforderten Schinken holte. Als der Vertrag unterschrieben war, trat Wolf dichter an die Scheune heran und holte tief Luft.

„Wir stellen uns lieber unter", schlug Schlau vor. „Es wird eine Menge Dreck durch die Luft fliegen."

Der Bauer führte ihn und den Schreiber ins Wohnzimmer seines Hauses, von wo aus sie den Hof durch die Glasfenster sehen konnten.

Wolf ging um die Scheune herum. Er hustete und prustete und blies die Wände einzeln um. Jedes Mal erhob sich eine Staubwolke, wenn eine Wand fiel. Bald war Wolf nicht mehr zu sehen, doch als sich der Staub legte, lag die Scheune zerlegt am Boden. Wolf stand daneben und kaute auf seinem leicht knirschenden Schinken.

Schlau eilte zu ihm und beglückwünschte ihn zu der gut gemachten Arbeit. „Jetzt muss ich nur noch meine Brüder holen, damit wir die Unordnung beseitigen und mit dem Bau beginnen können."

Der Bauer nahm Wolfs Pfote, schüttelte sie und reichte ihm dann eine Geldbörse. „Ich bin begeistert. Sie haben das Geld wirklich verdient. Warten Sie nur, bis mein Freund das sieht. Er wird sie vom Fleck weg engagieren."

Schlau und Wolf befreiten sich nur unter Schwierigkeiten von dem dankbaren Bauern.

„Weißt du, ich kaufe mir wohl ein Pony und einen Wagen von meinem Anteil", sagte Schlau auf dem Heimweg. „Diese ganze Lauferei ist für meine kurzen Beine zu viel."

Wolf lachte.

„Glaubst du es gibt viele Leute in der Stadt, die abrissreife Häuser haben?"

„Der Schreiber nannte mir allein siebzehn. Ich denke, wir werden einige Zeit im Geschäft sein." Schlau lächelte Wolf an. Mit einem Mal wirkte das zahnreiche Grinsen nicht mehr so beängstigend wie zuvor.

„Auf Wolf und Schwein", sagte Wolf und biss in seinen Schinken.

Schlau dachte an seine Brüder. Es wurde Zeit, dass sie ihren Unterhalt verdienten. Immerhin war ziemlich viel Hilfe nötig, um den Schutt wegzuräumen und einen neuen Schuppen zu bauen.

„Wir sollten uns Wolf, Schlau und Co. nennen", sagte er und lächelte seinen Partner an.

Das Original: Die wilden Schwäne

Hans Christian Andersen

Von diesem Märchen gibt es zahllose Varianten (Die sieben Raben, Die elf Schwäne, Die sechs Schwäne, Das Mädchen und seine Brüder) aus verschiedensten Ländern. Ich habe nur die Motive in meiner Adaption verarbeitet, die für mich wichtig waren.

Weit von hier, da, wohin die Schwalben fliegen, wenn wir Winter haben, wohnte ein König, der elf Söhne und eine Tochter, Elisa, hatte. Die elf Brüder waren Prinzen, sie gingen mit dem Stern auf der Brust und dem Säbel an der Seite in die Schule. Sie schrieben mit Diamantgriffeln auf Goldtafeln und lernten ebenso gut auswendig wie sie lasen. Man konnte sogleich hören, dass sie Prinzen waren. Die Schwester Elisa saß auf einem kleinen Schemel von Spiegelglas und hatte ein Bilderbuch, welches für das halbe Königreich erkauft war.

Oh, die Kinder hatten es gut, aber so sollte es nicht immer bleiben!

Ihr Vater, der König über das ganze Land war, verheiratete sich mit einer bösen Königin, die den Kindern gar nicht gut war. Schon am ersten Tage konnten sie es recht gut merken. In dem ganzen Schlosse war große Pracht, und da spielten die

Kinder „Besuch", aber anstatt sie sonst all' den Kuchen und die gebratenen Äpfel erhielten, die nur zu haben waren, gab die neue Königin ihnen nur Sand in einer Teetasse, und sagte, sie könnten tun, als ob es etwas wäre.

Die Woche darauf brachte sie die kleine Elisa auf das Land zu einem Bauernpaar, und lange währte es nicht, da redete sie dem König so viel von den Prinzen vor, dass er sich gar nicht um sie bekümmerte.

„Fliegt hinaus in die Welt und helft Euch selbst!" sagte die böse Königin. „Fliegt als große Vögel ohne Stimme!" Aber sie konnte es doch nicht so schlimm machen, wie sie gern wollte. Sie wurden elf herrliche Schwäne. Mit einem sonderbaren Schrei flogen sie aus den Schlossfenstern hinaus über den Park und den Wald dahin.

Es war noch ganz früh am Morgen, als sie da vorbeikamen, wo die Schwester Elisa in der Stube des Landmanns lag und schlief. Hier schwebten sie über dem Dache, drehten ihre langen Hälse und schlugen mit den Flügeln, aber Niemand hörte oder sah es. Sie mussten wieder weiter, hoch gegen die Wolken empor, hinaus in die weite Welt. Da flogen sie nach einem großen Wald, der sich gerade bis an den Strand des Meeres erstreckte.

Die kleine Elisa stand in der Stube des Landmanns und spielte mit einem grünen Blatte, anderes Spielzeug hatte sie nicht. Sie stach ein Loch in das grüne Blatt, sah da hindurch gegen die Sonne empor, und da war es gerade, als sähe sie ihrer Brüder klare Augen, und jedes Mal, wenn die warmen Sonnenstrahlen auf ihre Wangen schienen, gedachte sie aller ihrer Küsse.

Der eine Tag verging ebenso wie der andere. Strich der Wind durch die großen Rosenhecken draußen vor dem Hause, so flüsterte er den Rosen zu: „Wer kann schöner sein, als ihr?" Aber die Rosen schüttelten das Haupt und sagten: „Elisa ist es!" Wenn die alte Frau am Sonntag an der Tür saß und in ihrem Gesangbuch las, so wendete der Wind die Blätter um und sagte zum Buch: „Wer kann frömmer sein, als Du?" – „Elisa ist es!"

sagte das Gesangbuch, und das war die reine Wahrheit, was die Rosen und das Gesangbuch sagten.

Als sie fünfzehn Jahre alt war, sollte sie nach Hause kommen. Da aber die Königin sah, wie schön sie war, wurde sie ihr gram und voll Hass und hätte gern auch sie in einen wilden Schwan verwandelt, wie die Brüder, aber das wagte sie nicht sogleich, weil ja der König seine Tochter sehen wollte.

Früh des Morgens ging die Königin in das Bad, welches von Marmor erbaut und mit weichen Kissen und den prächtigsten Decken geschmückt war, nahm drei Kröten, küsste sie und sagte zu der einen: „Setze Dich auf Elisas Kopf, wenn sie in das Bad kommt, damit sie dumm wird wie du! – Setze dich auf ihre Stirn", sagte sie zur andern, „damit sie hässlich wird, wie du, so dass ihr Vater sie nicht kennt! – Ruhe an ihrem Herzen", flüsterte sie der dritten zu, „lass sie einen bösen Sinn erhalten, damit sie Schmerzen davon habe!" Dann setzte sie die Kröten in das klare Wasser, welches sogleich eine grüne Farbe erhielt, rief Elisa, zog sie aus und ließ sie in das Wasser hinab steigen, und indem sie untertauchte, setzte sich eine Kröte ihr in das Haar, die andere auf ihre Stirn, und die dritte auf die Brust, aber Elisa schien es gar nicht zu merken. Sobald sie sich emporrichtete, da schwammen drei rohe Mohnblumen auf dem Wasser. Wären die Tiere nicht giftig gewesen und von der Hexe geküsst worden, so wären sie in rote Rosen verwandelt worden, aber Blumen wurden sie doch, weil sie auf ihrem Haupte und an ihrem Herzen geruht hatten. Sie war zu fromm und unschuldig, als dass die Zauberei Macht über sie haben konnte.

Als die böse Königin das sah, rieb sie das Mädchen mit Wallnusssaft, so dass sie ganz schwarzbraun wurde, bestrich das hübsche Antlitz mit einer stinkenden Salbe und ließ das herrliche Haar sich verwirren. Es war unmöglich, die schöne Elisa wiederzuerkennen.

Daher erschrak ihr Vater sehr, als er sie erblickte und sagte, es sei nicht seine Tochter. Niemand wollte sie wiedererkennen, außer dem Kettenhunde und den Schwalben, aber das waren arme Tiere, die nichts zu sagen hatten.

Da weinte die arme Elisa und dachte an ihre elf Brüder, die alle weg waren. Betrübt verließ sie das Schloss und ging den ganzen Tag über Feld und Moor bis in den großen Wald hinein. Sie wusste gar nicht, wohin sie wollte, aber sie fühlte sich sehr betrübt und sehnte sich nach ihren Brüdern, die sicher auch, gleich ihr, in die Welt hinaus gejagt worden waren, diese wollte sie suchen und finden.

Nur kurze Zeit war sie im Walde gewesen, als die Nacht einbrach. Sie war ganz von Weg und Steg gekommen. Da legte sie sich auf das weiche Moos nieder, betete ihr Abendgebet und lehnte ihr Haupt an einen Baumstumpf. Es war da ganz still, die Luft war mild und rings umher im Grase und im Moose leuchteten, einem grünen Feuer gleich, viele hundert Johanniswürmchen. Als sie einen der Zweige mit der Hand berührte, fielen die leuchtenden Insekten wie Sternschnuppen zu ihr nieder.

Die ganze Nacht träumte sie von ihren Brüdern. Sie spielten wieder als Kinder, schrieben mit dem Diamantgriffel auf die Goldtafeln und betrachteten das herrliche Bilderbuch, welches das halbe Reich gekostet hatte, aber auf die Tafel schrieben sie nicht wie früher Nullen und Striche, sondern die mutigen Taten, die sie vollführt, und alles, was sie erlebt und gesehen hatten. Und im Bilderbuch war alles lebendig. Die Vögel sangen und die Menschen gingen aus dem Buch heraus und sprachen mit Elisa und ihren Brüdern.Aber wenn sie das Blatt umwandte, sprangen sie sogleich wieder hinein, damit keine Verwirrung in den Bildern entstehen möchte.

Als sie erwachte, stand die Sonne schon hoch. Elisa konnte sie freilich nicht sehen, die hohen Bäume breiteten ihre Zweige dicht und fest aus, aber die Strahlen spielten dort oben gerade wie ein wehender Goldflor. Da war ein Duft von dem Grünen, und die Vögel setzten sich fast auf ihre Schultern. Sie hörte das Wasser plätschern, das waren Quellen, die alle in einen See fielen, in dem der herrlichste Sandboden war. Freilich wuchsen hier dichte Büsche rings herum, aber an einer Stelle hatten die Hirsche eine große Öffnung gemacht, und hier ging Elisa zum Wasser hin. Das war so klar, dass, hätte der Wind nicht die Zweige und die Büsche berührt, so dass sie sich bewegten, sie hätte glauben müssen, dass sie auf dem Boden abgemalt seien, so deutlich spiegelte sich jedes Blatt, sowohl das von der Sonne beschienene, als das, welches im Schatten war.

Sobald sie ihr eigenes Antlitz erblickte, erschrak sie gewaltig, so braun und hässlich war es. Doch als sie ihre kleine Hand benetzte und Augen und Stirn rieb, glänzte die weiße Haut wieder vor. Da entkleidete sie sich und ging in das frische Wasser hinein. Ein schöneres Königskind als sie war gab es nicht in dieser Welt.

Als sie wieder angekleidet war und ihr langes Haar geflochten hatte, ging sie zur sprudelnden Quelle, trank aus der hohlen Hand und wanderte tiefer in den Wald hinein, ohne selbst zu wissen, wohin. Sie dachte an ihre Brüder, dachte an den lieben Gott, der sie sicher nicht verlassen werde. Er ließ ja die wilden Waldäpfel wachsen, um den Hungrigen zu sättigen, und er zeigte ihr einen solchen Baum, dessen Zweige sich unter der Last der Früchte beugten. Hier hielt sie ihre Mittagsmahlzeit, setzte Stützen unter dessen Zweige und ging dann in den dunkelsten Teil des Waldes hinein. Da war es so still, dass sie ihre eigenen Fußtritte hörte, wie jedes kleine, vertrocknete Blatt, welches sich unter ihrem Fuße bog. Nicht ein Vogel war da zu sehen, nicht ein Sonnenstrahl konnte durch die großen, dichten Baumzweige dringen. Die hohen Stämme standen so nahe beisammen, dass, wenn sie geradeaus sah, ein Balkengitter sie zu umschließen schien. Oh, hier war eine Einsamkeit, wie sie solche früher noch nie gekannt!

Die Nacht wurde sehr dunkel. Nicht ein einziger kleiner Johanniswurm leuchtete aus dem Moose. Betrübt legte sie sich nieder, um zu schlafen. Da schien es ihr, als ob die Baumzweige über ihr sich zur Seite bewegten und der liebe Gott mit milden Augen auf sie nieder blickte, und kleine Engel sahen über seinen Kopf und unter seinen Armen hervor.

Als sie am Morgen erwachte, wusste sie nicht, ob sie geträumt habe, oder ob es wirklich so gewesen.

Sie ging einige Schritte vorwärts, da begegnete sie einer alten Frau mit Beeren in dem Korbe. Die Alte gab ihr einige davon. Elisa fragte, ob sie nicht elf Prinzen durch den Wald habe reiten sehen.

„Nein", sagte die Alte, „aber ich sah gestern elf Schwäne mit goldenen Kronen auf dem Haupte in der Nähe schwimmen."

Sie führte Elisa ein Stück weiter vor zu einem Abhange, an dessen Fuß sich ein kleiner Fluss schlängelte. Die Bäume an seinen Ufern streckten ihre langen, blattreichen Zweige einander entgegen, und wo sie ihrem natürlichen Wuchse nach nicht zusammen reichen konnten, da hatten sie die Wurzeln aus der Erde losgerissen und hingen, mit den Zweigen ineinander geflochten über das Wasser hinaus.

Elisa sagte der Alten Lebewohl und ging längs dem Flusse hin, bis dieser in den großen, offenen Strand hinaus floss.

Das ganze herrliche Meer lag vor dem jungen Mädchen, aber nicht ein Segel zeigte sich darauf, nicht ein Boot war da zu sehen, wie sollte sie nun weiter fortkommen? Sie betrachtete die unzähligen kleinen Steine am Ufer. Das Wasser hatte sie alle rund geschliffen. Glas, Eisen, Steine, alles, was da zusammengespült lag, hatte die Gestalt des Wassers angenommen, welches doch viel weicher war, als ihre feine Hand. „Das rollt unermüdlich fort, und so ebnet sich das Harte, ich will eben so unermüdlich sein. Dank für Eure Lehre, ihr kleinen, rollenden Wogen. Einst, das sagt mir mein Herz, werdet ihr mich zu meinen lieben Brüdern tragen!"

Auf dem angespülten Seegrase lagen elf weiße Schwanenfedern. Sie sammelte dieselben. Es lagen Wassertropfen darauf.

Ob es Tränen waren, konnte man nicht sehen. Einsam war es dort am Strande, aber sie fühlte es nicht, denn das Meer bot eine ewige Abwechslung dar, ja in einigen wenigen Stunden mehr, als die süßen Landseen in einem ganzen Jahr aufweisen können. Kam da eine große, schwarze Wolke, so war es, als ob die See sagen wollte: ich kann auch finster aussehen, und dann blies der Wind, und die Wogen kehrten das Weiße nach außen. Schienen aber die Wolken rot und schliefen die Winde, so war das Meer einem Rosenblatte gleich. Bald wurde es grün, bald weiß, aber wie still es auch ruhte, am Ufer war doch eine leise Bewegung. Das Wasser hob sich schwach, wie die Brust eines schlafenden Kindes.

Als die Sonne im Begriff war, unterzugehen, sah Elisa elf wilde Schwäne mit Goldkronen auf dem Kopfe dem Lande zufliegen, sie schwebten der eine hinter dem andern. Es sah aus wie ein langes weißes Band. Da stieg Elisa den Abhang hinauf und verbarg sich hinter einem Busche. Die Schwäne ließen sich nahe bei ihr nieder und schlugen mit ihren großen, weißen Schwingen.

So wie die Sonne unter dem Wasser war, fielen plötzlich die Schwanenhäute und elf schöne Prinzen, Elisas Brüder, standen da. Sie stieß einen lauten Schrei aus, denn obwohl die Brüder sich sehr verändert hatten, so wusste Elisa doch, dass sie es waren, fühlte, dass sie es sein mussten. Sie sprang in ihre Arme, nannte sie bei Namen, und die Brüder waren ganz glücklich, als sie ihre Schwester sahen und erkannten, die nun groß und schön war. Sie lachten und weinten, und bald hatten sie einander erzählt, wie grausam ihre Stiefmutter gegen sie alle gewesen war.

„Wir Brüder", sagte der Älteste, „fliegen als wilde Schwäne, so lange die Sonne am Himmel steht. Sobald sie untergegangen ist, erhalten wir unsere menschliche Gestalt wieder. Deshalb müssen wir immer dafür sorgen, dass wir beim Sonnenuntergang eine Ruhestätte für die Füße haben, denn fliegen wir dann gegen die Wolken an, so müssen wir, als Menschen, in die Tiefe hinunterstürzen. Hier wohnen wir nicht. Es liegt ein eben so schönes Land, wie dieses, jenseits der See, aber der Weg dahin ist weit, wir müssen über das große Meer, und es findet sich keine Insel auf unserm Wege, wo wir übernachten können. Nur eine einsame kleine Klippe ragt in der Mitte daraus hervor, sie ist nicht größer, als dass wir Seite an Seite darauf ruhen können. Ist die See stark bewegt, so spritzt das Wasser hoch über uns, aber doch danken wir Gott für dieselbe. Da übernachten wir in unserer Menschengestalt. Ohne diese Klippe könnten wir nie unser liebes Vaterland besuchen, denn zwei der längsten Tage des Jahres brauchen wir zu unserm Fluge. Nur einmal im Jahre ist es uns vergönnt, unsere Heimat zu besuchen, elf Tage können wir hier bleiben, über den großen Wald hinsteigen, von wo wir das Schloss erblicken können, wo wir geboren wurden und wo unser Vater wohnt, den hohen Kirchturm sehen, wo die Mutter begraben ist. – Hier kommt es uns vor, als wären Bäume und Büsche mit uns verwandt. Hier laufen die wilden Pferde über die Steppen hin, wie wir es in unserer Kindheit gesehen. Hier singt der alte Kohlenbrenner die alten Lieder, nach welchen wir als Kinder tanzten. Hier ist unser Vaterland. Hierher zieht es uns, und hier haben wir dich, du liebe Schwester, gefunden! Zwei Tage können wir noch hier bleiben, dann müssen wir fort über das Meer nach einem herrlichen Lande, welches aber nicht unser Vaterland ist. Wie nehmen wir dich mit? Wir haben weder Schiff noch Boot!"

„Auf welche Art kann ich Euch erlösen?" fragte die Schwester.

Sie unterhielten sich fast die ganze Nacht, es wurde nur einige Stunden geschlummert.

Elisa erwachte durch den Schall der Schwanenflügel, welche über ihr sausten. Die Brüder waren wieder verwandelt und flogen in großen Kreisen und zuletzt weit weg, aber der eine von ihnen, der jüngste, blieb zurück, der Schwan legte seinen Kopf in ihren Schoß, und sie streichelte seine Flügel. Den ganzen Tag waren sie beisammen. Gegen Abend kamen die andern zurück, und als die Sonne untergegangen war, standen sie in ihrer natürlichen Gestalt da.

„Morgen fliegen wir von hier weg und können nicht vor Verlauf eines Jahres zurückkehren, aber dich können wir nicht so verlassen! Hast du Mut mitzukommen? Mein Arm ist stark genug, dich durch den Wald zu tragen, sollten wir da nicht alle so starke Flügel haben, um mit dir über das Meer zu fliegen?"

„Ja, nehmt mich mit!" sagte Elisa.

Die ganze Nacht brachten sie damit zu, ein großes und starkes Netz aus der geschmeidigen Weidenrinde und dem zähen Schilf zu flechten. Auf dieses legte sich Elisa, und als die Sonne hervortrat, und die Brüder in wilde Schwäne verwandelt wurden, ergriffen sie das Netz mit ihren Schnäbeln und flogen mit ihrer lieben Schwester, die noch schlief, hoch gegen die Wolken an. Die Sonnenstrahlen fielen ihr gerade auf das Antlitz, deswegen flog einer der Schwäne über ihr Haupt, damit seine breiten Schwingen sie beschatten möchten.

Sie waren weit vom Lande entfernt, als Elisa erwachte. Sie glaubte noch zu träumen, so sonderbar kam es ihr vor, hoch durch die Luft, über das Meer getragen zu werden. An ihrer Seite lag ein Zweig mit herrlichen reifen Beeren und ein Bund wohlschmeckender Wurzeln. Diese hatte der jüngste der Brüder gesammelt und ihr hingelegt. Sie lächelte ihn dankbar an, denn sie erkannte ihn, er war es, der über ihrem Haupte flog und sie mit den Schwingen beschattete.

Sie waren so hoch, dass das erste Schiff, welches sie unter sich erblickten, eine weiße Möwe zu sein schien, die auf dem Wasser lag. Eine große Wolke stand hinter ihnen, das war ein Berg, und auf diesem sah Elisa ihren eigenen Schatten und den der elf Schwäne, so riesengroß flogen sie davon. Das war ein Gemälde, prächtiger als sie früher je eines gesehen, doch als die Sonne höher stieg und die Wolke weiter zurück blieb, verschwand das Schattenbild.

Den ganzen Tag flogen sie fort, gleich einem sausenden Pfeil durch die Luft, aber es ging doch langsamer als sonst, sie hatten ja die Schwester zu tragen. Es zog ein böses Wetter auf. Der Abend näherte sich. Ängstlich sah Elisa die Sonne sinken, und noch war die einsame Klippe im Meer nicht zu erblicken. Es kam ihr vor, als machten die Schwäne stärkere Schläge mit den Flügeln. Ach! Sie war Schuld daran, dass sie nicht rasch genug fortkamen. Wenn die Sonne untergegangen war, so wurden sie Menschen, mussten in das Meer stürzen und ertrinken. Da betete sie aus dem Innersten des Herzens ein Gebet zum lieben Gott, aber noch erblickte sie keine Klippe. Die schwarze Wolke kam immer näher, die starken Windstöße verkündeten einen Sturm. Die Wolken standen in einer einzigen großen, drohenden Welle da, welche fast wie Blei vorwärts schoss. Blitz leuchtete auf Blitz.

Jetzt war die Sonne gerade am Rande des Meeres. Elisas Herz bebte. Da schossen die Schwäne hinab, so schnell, dass sie zu fallen glaubte, aber nun schwebten sie wieder. Die Sonne war halb unter dem Wasser, da erblickte sie erst die kleine Klippe unter sich, sie sah nicht größer aus, als ob sie ein Seehund wäre, der den Kopf aus dem Wasser steckte. Die Sonne sank schnell. Jetzt erschien sie nur noch wie ein Stern, da berührte ihr Fuß den festen Grund, die Sonne erlosch gleich dem letzten Funken im brennenden Papier. Arm in Arm sah sie die Brüder um sich stehen, aber mehr Platz, als gerade für diese und für sie, war auch nicht da. Die See schlug gegen die Klippe und ging wie Staubregen über sie hin. Der Himmel leuchtete in einem fortwährenden Feuer und Schlag auf Schlag rollte der Donner, aber Schwester und Brüder hielten einander an den Händen und sangen Psalmen, woraus sie Trost und Muth schöpften.

In der Morgendämmerung war die Luft rein und still. Sobald die Sonne emporstieg, flogen die Schwäne mit Elisa von der Insel fort. Das Meer ging noch hoch, es sah aus, wie sie hoch in der

Luft waren, als ob der weiße Schaum auf der schwarzgrünen See Millionen Schwäne wären, die auf dem Wasser schwimmen.

Als die Sonne höher stieg, sah Elisa vor sich, halb in der Luft schwimmend, ein Bergland mit glänzenden Eismassen auf den Felsen, und mitten darauf erstreckte sich ein sicher meilenlanges Schloss, mit einem kühnen Säulengange über dem andern. Unten wogten Palmenwälder und Prachtblumen, so groß wie Mühlräder. Sie fragte, ob dies das Land sei, wohin sie wollten, aber die Schwäne schüttelten mit dem Kopfe, denn das, was sie sah, war der Fata Morgana herrliches, alle Zeit abwechselndes Wolkenschloss. Da durften sie keinen Menschen hineinbringen. Elisa starrte es an, da stürzten Berge, Wälder und Schloss zusammen, und zwanzig stolze Kirchen, alle einander gleich, mit hohen Türmen und spitzen Fenstern standen da. Sie glaubte die Orgel ertönen zu hören, aber es war das Meer, welches sie hörte. Nun war sie den Kirchen ganz nahe. Da wurden diese zu einer ganzen Flotte, die unter ihr dahinsegelte. Sie sah nieder und es waren nur Meernebel, die über dem Wasser hinglitten. Ja, eine ewige Abwechselung hatte sie vor Augen, und nun sah sie das wirkliche Land, nach dem sie hin wollte. Da erhoben sich die herrlichen, blauen Berge mit Zedernwäldern, Städten und Schlössern. Lange bevor die Sonne unterging, saß sie auf dem Felsen vor einer großen Höhle, die mit feinen, grünen Schlingpflanzen bewachsen war. Es sah aus, als wären es gestickte Teppiche.

„Nun wollen wir sehen, was du diese Nacht hier träumst!" sagte der jüngere Bruder und zeigte ihr ihre Schlafkammer.

„Gebe der Himmel, dass ich träumen möge, wie ich Euch erretten kann!" sagte sie, und dieser Gedanke beschäftigte sie dann lebhaft. Sie betete inbrünstig zu Gott um seine Hilfe, ja selbst im Schlafe betete sie fort. Da kam es ihr vor, als ob sie hoch in die Luft stiege, zu Fata Morganas Wolkenschloss, und die Fee kam ihr entgegen, schön und glänzend, und doch glich sie ganz der alten Frau, die ihr Beeren im Walde gegeben, und ihr von den Schwänen mit Goldkronen auf dem Kopfe erzählt hatte.

„Deine Brüder können erlöst werden!" sagte sie, „aber hast du Mut und Ausdauer? Wohl ist das Wasser weicher als deine feinen Hände, und formt doch die Steine um. Aber es fühlt nicht die Schmerzen, die deine Finger fühlen werden, es hat kein Herz, leidet nicht die Angst und Qual, die du aushalten musst. Siehst du die Brennnessel, die ich in meiner Hand halte? Von derselben Art wachsen viele rings um die Höhle, wo du schläfst. Nur die dort und die, welche auf des Kirchhofs Gräbern wachsen, sind tauglich, merke dir das. Diese musst du pflücken, obgleich sie deine Haut voll Blasen brennen werden. Brich die Nesseln mit deinen Füßen, so erhältst du Flachs. Mit diesem musst du elf Panzerhemden mit langen Ärmeln flechten und binden. Wirf diese über die elf Schwäne, so ist der Zauber gelöst. Aber bedenke wohl, dass du von dem Augenblicke, wo du diese Arbeit beginnst, bis sie vollendet ist, wenn auch Jahre darüber vergehen, nicht sprechen darfst. Das erste Wort, welches du sprichst, fährt wie ein tötender Dolch in deiner Brüder Herz. An deiner Zunge hängt ihr Leben. Merke dir das alles!"

Die Fee berührte zugleich ihre Hand mit der Nessel. Es war einem brennenden Feuer gleich, Elisa erwachte dadurch. Es war heller Tag und dicht daneben, wo sie geschlafen hatte, lag eine Nessel wie die, welche sie im Traume gesehen hatte. Da fiel sie auf ihre Knie, dankte dem lieben Gott, und ging aus der Höhle hinaus, um ihre Arbeit zu beginnen.

Mit den feinen Händen griff sie hinunter in die hässlichen Nesseln, sie waren wie Feuer. Große Blasen brannten sie an ihren Händen und Armen, aber gern wollte sie es leiden, wenn sie die lieben Brüder befreien konnte. Sie brach jede Nessel mit ihren bloßen Füßen und flocht den grünen Flachs.

Als die Sonne untergegangen war, kamen die Brüder, die sehr erschraken, Elisa stumm zu finden. Sie glaubten, es sei ein neuer Zauber der bösen Stiefmutter, aber als sie ihre Hände erblickten, begriffen sie, was ihre Schwester ihrethalben tue. Der jüngste Bruder weinte, und wohin seine Tränen fielen, da fühlte sie keine Schmerzen, da verschwanden die brennenden Blasen.

Die Nacht brachte sie bei ihrer Arbeit zu, denn sie hatte keine Ruhe, bevor sie die lieben Brüder erlöst hatte. Den ganzen folgenden Tag, während die Schwäne fort waren, saß sie in ihrer Einsamkeit, aber nie war die Zeit so eilig entflohen. Ein Panzerhemd war schon fertig, nun fing sie das zweite an.

Da ertönte ein Jagdhorn zwischen den Bergen. Sie wurde von Furcht ergriffen, der Ton kam immer näher, sie hörte Hunde bellen, erschrocken floh sie in die Höhle, band die Nesseln, die sie gesammelt und gehechelt hatte, in ein Bund zusammen und setzte sich darauf.

Zugleich kam ein großer Hund aus der Schlucht hervorgesprungen, und gleich darauf wieder einer, und noch einer. Sie bellten laut, liefen zurück, und kamen wieder vor. Es währte nicht lange, so standen alle Jäger vor der Höhle, und der Schönste unter ihnen war der König des Landes. Dieser trat auf Elisa zu. Nie hatte er ein schöneres Mädchen gesehen.

„Wie bist du hierher gekommen, du herrliches Kind?" sagte er. Elisa schüttelte das Haupt, sie durfte ja nicht sprechen, es galt ihrer Brüder Erlösung und Leben. Sie verbarg ihre Hände unter der Schürze, damit der König nicht sehe, was sie leiden müsse.

„Komm mit mir!" sagte er, „hier darfst du nicht bleiben! Bist du so gut, wie du schön bist, so will ich dich in Seide und Sammet kleiden, die Goldkrone dir auf das Haupt setzen, und du sollst in meinem schönsten Schlosse wohnen!" – und dann hob er sie auf sein Pferd. Sie weinte und rang ihre Hände, aber der König sagte: „Ich will nur dein Glück! Einst wirst du mir dafür danken." Dann jagte er fort durch die Berge, und hielt sie vorn auf dem Pferde, und die Jäger jagten hinterher.

Als die Sonne unterging, lag die schöne Königsstadt mit Kirchen und Kuppeln vor ihnen, der König führte sie in das Schloss, wo große Springbrunnen in den hohen Marmorsälen plätscherten, wo Wände und Decke von Gemälden prangten, aber Elisa hatte keine Augen dafür, sie weinte und trauerte. Willig ließ sie die Frauen ihr königliche Kleider anlegen, Perlen in ihre Haare flechten, und feine Handschuhe über die verbrannten Finger ziehen.

Als sie in all' ihrer Pracht dastand, war sie so blendend schön, dass der Hof sich noch tiefer vor ihr verneigte, und der König erkor sie zu seiner Braut, obgleich der Geistliche mit dem Kopf schüttelte und flüsterte, dass das schöne Waldmädchen sicher eine Hexe sei. Sie blende die Augen und betöre das Herz des Königs.

Aber der König hörte nicht darauf. Er ließ die Musik ertönen, die köstlichsten Gerichte auftragen, die lieblichsten Mädchen um sie tanzen, und sie wurde durch duftende Gärten in prächtige Säle geführt, aber nicht ein Lächeln kam auf ihre Lippen oder sprach aus ihren Augen, die voll Trauer waren. Nun öffnete der König eine kleine Kammer, dicht daneben, wo sie schlafen sollte. Sie war mit köstlichen, grünen Teppichen geschmückt und glich ganz der Höhle, in der sie gewesen war. Auf dem Fußboden lag das Bund Flachs, welches sie aus den Nesseln gesponnen hatte, und unter der Decke hing das Panzerhemd, welches fertig gestrickt war. Alles dieses hatte einer der Jäger als eine Seltenheit mitgenommen.

„Hier kannst du dich in deine frühere Heimat zurückträumen!" sagte der König. „Hier ist die Arbeit, die dich dort beschäftigte. Nun, mitten in all' deiner Pracht, wird es dich belustigen, an jene Zeit zurückzudenken."

Als Elisa das sah, was ihr am Herzen lag, spielte ein Lächeln um ihren Mund, und das Blut kehrte in die Wangen zurück. Sie dachte an die Erlösung ihrer Brüder, küsste des Königs Hand, er drückte sie an sein Herz, und ließ durch alle Kirchenglocken das Hochzeitsfest verkünden. Das schöne, stumme Mädchen aus dem Walde ward des Landes Königin.

Da flüsterte der Geistliche böse Worte in des Königs Ohr, aber sie drangen nicht bis zu seinem Herzen. Die Hochzeit sollte sein. Der Geistliche selbst musste ihr die Krone auf das Haupt setzen, und er drückte in seinem Unwillen den engen Ring fest auf ihre Stirne nieder, so dass er ihr wehtat. Doch es lag ein schwererer Ring um ihr Herz, die Trauer um ihre Brüder. Sie fühlte nicht die körperlichen Leiden. Ihr Mund war stumm, ein einziges Wort würde ja ihre Brüder das Leben kosten. Aber in ihren Augen sprach sich eine innige Liebe zu dem guten, hübschen Könige aus, der alles tat, um sie zu erfreuen. Sie gewann ihn von Tag zu Tag lieber und wünschte nur, dass sie sich ihm vertrauen, ihm ihre Leiden klagen dürfte! Aber stumm musste sie sein, stumm musste sie ihr Werk vollbringen. Deshalb schlich sie Nachts von seiner Seite, ging in die kleine Kammer, welche wie die Höhle geschmückt war, und strickte ein Panzerhemd nach dem andern fertig, aber als sie das siebente begann, hatte sie keinen Flachs mehr.

Auf dem Kirchhof, das wusste sie, wuchsen die Nesseln, die sie brauchen konnte, aber selbst musste sie diese pflücken. Wie sollte sie das tun? Wie sollte sie da hinaus gelangen?

„Oh, was ist der Schmerz in meinen Fingern gegen die Qual, die mein Herz erduldet!" dachte sie. „Ich muss es wagen! Der Herr wird seine Hand nicht von mir zurückziehen!" Mit einer Herzensangst, als sei es eine böse Tat, die sie vorhabe, schlich sie sich in der mondhellen Nacht in den Garten hinunter, ging durch die langen Alleen, in die einsamen Straßen nach dem Kirchhofe hinaus. Da sah sie auf einem der breitesten Leichensteine einen Kreis von hässlichen Hexen sitzen. Die nahmen ihre Lumpen ab, als ob sie sich baden wollten, und gruben mit den langen, mageren Fingern die frischen Gräber auf, nahmen die Leichen heraus und aßen deren Fleisch. Elisa musste nahe an ihnen vorbei, und sie hefteten ihre bösen Blicke auf sie, aber sie betete still, sammelte die brennenden Nesseln und trug sie nach dem Schlosse heim.

Nur ein einziger Mensch hatte sie gesehen, der Geistliche. Er war wach, wenn andere schliefen. Nun hatte er doch Recht gehabt, wie er meinte, dass es mit der Königin nicht sei, wie es sein sollte. Sie war eine Hexe, deshalb hatte sie den König und das ganze Volk betört.

Er erzählte dem König, was er gesehen und was er fürchtete, und als die harten Worte seiner Zunge entströmten, schüttelten die Bilder ihre Köpfe, als wenn sie sagen wollten: „Es ist nicht so, Elisa ist unschuldig!" Aber der Geistliche legte es anders aus, meinte, dass sie gegen die Königin zeugten, dass sie über ihre Sünden mit den Köpfen schüttelten. Da rollten zwei schwere Tränen über des Königs Wangen herab, er ging nach Hause mit Zweifel in seinem Herzen. Er stellte sich, als ob er in der Nacht schlafe, aber es kam kein ruhiger Schlaf in seine Augen, er merkte, wie Elisa aufstand, jede Nacht wiederholte sie dieses, und jedes Mal folgte er sachte nach und sah, wie sie in ihre Kammer verschwand.

Tag für Tag wurde seine Miene finsterer. Elisa sah es, begriff aber nicht warum. Es ängstigte sie, und noch mehr litt sie in ihrem Herzen für ihre Brüder. Auf den königlichen Sammet und Purpur flossen ihre heißen Tränen, sie lagen da wie schwimmende Diamanten und alle, welche die reiche Pracht sahen, wünschten Königin zu sein. Sie war nun bald mit ihrer Arbeit fertig, nur ein Panzerhemd fehlte noch, aber Flachs hatte sie auch nicht mehr und nicht eine einzige Nessel. Einmal noch, nur dieses letzte Mal, musste sie deswegen nach dem Kirchhof und einige Hände voll pflücken. Sie dachte mit Angst an diese einsame Wanderung und an die schrecklichen Hexen, aber ihr Wille stand fest, wie ihr Vertrauen auf den Herrn.

Elisa ging, aber der König und der Geistliche folgten nach. Sie sahen dieselbe bei der Gitterpforte hinein verschwinden, und als sie sich derselben näherten, saßen die Hexen auf dem Grabsteine, wie Elisa sie gesehen hatte. Der König wendete sich ab, denn unter diesen dachte er sich die, deren Haupt noch diesen Abend an seiner Brust geruht hatte.

„Das Volk muss sie verurteilen!" sagte er.

Das Volk urteilte, sie solle verbrannt werden.

Aus den prächtigen Königssälen wurde sie in ein dunkles, feuchtes Loch geführt, wo der Wind durch das Gitter hinein pfiff. Anstatt Sammet und Seide gab man ihr das Bund Nesseln, welches sie gesammelt hatte, darauf konnte sie ihr Haupt legen. Die harten, brennenden Panzerhemden, die sie gestrickt hatte, sollten ihre Decke sein, aber nichts Lieberes konnten sie ihr geben, sie nahm wieder ihre Arbeit auf und betete zu ihrem Gott. Draußen sangen die Straßenbuben Spottlieder auf sie, keine Seele tröstete sie mit einem freundlichen Worte.

Da sauste gegen Abend dicht beim Gitter ein Schwanenflügel. Es war der jüngste der Brüder, der die Schwester gefunden hatte. Sie schluchzte laut vor Freude, obgleich sie dachte, dass die Nacht, die da kam, wahrscheinlich die letzte sein werde, die sie zu leben habe. Aber nun war ja auch die Arbeit fast beendet, und ihre Brüder waren hier.

Der Geistliche kam nun, um die letzte Stunde bei ihr zu sein, das hatte er dem König versprochen. Aber sie schüttelte mit dem Haupte, bat mit Blick und Mienen, er möge gehen. In dieser Nacht musste sie ja ihre Arbeit vollenden, sonst war alles unnütz, Schmerz, Tränen und die schlaflosen Nächte. Der Geistliche entfernte sich mit bösen Worten gegen sie, aber die arme Elisa wusste, dass sie unschuldig war, und fuhr in ihrer Arbeit fort.

Die kleinen Mäuse liefen auf dem Fußboden, sie schleppten Nesseln zu ihren Füßen hin, um doch etwas zu helfen, und die Drossel setzte sich an das Gitter des Fensters und sang die ganze Nacht, so munter sie konnte, damit Elisa den Mut nicht verlöre.

Es war nicht mehr als Morgendämmerung, erst nach einer Stunde konnte die Sonne aufgehen, da standen die elf Brüder an der Pforte des Schlosses, und verlangten, vor den König geführt zu werden. Das könne nicht geschehen, wurde geantwortet, es sei ja noch Nacht. Der König schlafe und dürfe nicht geweckt werden. Sie baten, sie drohten, die Wache kam, ja selbst der König trat heraus, und fragte, was das bedeute. Da ging die Sonne auf, und es waren keine Brüder mehr zu sehen, aber über das Schloss flogen elf wilde Schwäne hin.

Aus dem Stadttore strömte das Volk. Es wollte die Hexe verbrennen sehen. Ein alter Gaul zog den Karren, auf dem sie saß. Man hatte ihr einen Kittel von grobem Sackleinen angetan, ihr herrliches Haar hing lose um das schöne Haupt, ihre Wangen waren totenbleich, ihre Lippen bewegten sich leise, während die Finger den grünen Flachs flochten. Selbst auf dem Wege zu ihrem Tode unterbrach sie die angefangene Arbeit nicht, die zehn Panzerhemden lagen zu ihren Füssen, an dem elften strickte sie. Der Pöbel verhöhnte sie:

„Sieh die Hexe, wie sie murmelt! Kein Gesangbuch hat sie in der Hand. Nein, mit ihrer hässlichen Gaukelei sitzt sie da. Reißt sie ihr in tausend Stücke!"

Man drängte auf sie ein und wollte die Panzerhemden zerreißen. Da kamen elf weiße Schwäne geflogen, die setzten sich rings um sie auf den Karren und schlugen mit ihren großen Schwingen. Da wich der Haufen erschrocken zur Seite.

„Das ist ein Zeichen des Himmels! Sie ist sicher unschuldig!" flüsterten Viele, aber sie wagten nicht, es laut zu sagen.

Nun ergriff sie der Büttel bei der Hand, da warf sie hastig die elf Panzerhemden über die Schwäne. Alsbald standen elf schöne Prinzen da, aber der jüngste hatte einen Schwanenflügel anstatt des einen Armes, denn es fehlte ein Ärmel in seinem Panzerhemde, den hatte sie nicht fertig bekommen.

„Nun darf ich sprechen!" sagte sie. „Ich bin unschuldig."

Das Volk, welches sah, was geschehen war, neigte sich vor ihr, wie vor einer Heiligen. Aber sie sank ohnmächtig in der Brüder Arme, so hatten die Spannung, Angst und Schmerz auf sie gewirkt.

„Ja, unschuldig ist sie!" sagte der älteste Bruder, und nun erzählte er alles, was da geschehen war, und während er sprach, verbreitete sich ein Duft, wie von Millionen Rosen, denn jedes Stück Brennholz im Scheiterhaufen hatte Wurzel geschlagen und trieb Zweige. Da stand eine duftende Hecke, hoch und groß mit roten Rosen. Ganz oben saß eine Blume, weiß und glänzend, sie leuchtete wie ein Stern. Die brach der König und steckte sie an Elisas Brust. Da erwachte sie, mit Frieden und Glückseligkeit im Herzen.

Alle Kirchenglocken läuteten von selbst, und die Vögel kamen in großen Zügen. Es wurde ein Hochzeitszug zurück zum Schlosse, wie ihn noch kein König gesehen hatte.

DER ZWERG UND DIE ZWILLINGE

SCHNEEWEISSCHEN UND ROSENROT
Schätze Neu Erzählt 1

Es war einmal in einer Welt, in der Magie und Technik mit unerwarteten Konsequenzen aufeinander treffen …

Als Martin einer schwangeren Frau hilft, vor den Häschern des Königs zu fliehen, ahnt er nicht, dass die Zwillinge, die sie in sich trägt, sein einsames Leben für immer verändern werden.

Was wäre, wenn wenn die Brüder Grimm den Zwerg in „Schneeweißchen und Rosenrot" missverstanden hätten?

Das Buch enthält das Original und eine Bonusgeschichte.

ISBN 978-3-95681-028-2
auch als eBook erhältlich

Lass dich über Neuerscheinungen informieren und
hole dir den ersten Band als kostenloses eBook:

http://de.katharinagerlach.com/leserinnen

DER WETTSTREIT
DAS KALTE HERZ
Schätze Neu Erzählt 8

Es war einmal in einer Welt, in der Magie und Technik mit unerwarteten Konsequenzen aufeinander treffen …

Elfin, die männliche Märchenfee, und Mikael, der Schmied und Erfinder, streiten sich, was besser sei, Magie oder Technologie. Dummerweise haben sie den Faktor Mensch nicht berücksichtigt. Nun müssen sie sich beeilen, um Unheil von ihrem Versuchskaninchen und seinen Lieben abzuwenden, bevor jemand stirbt.

Was wäre, wenn Wilhelm Hauff übersehen hätte, wer „Das kalte Herz" wirklich verschuldet hat?

Das Buch enthält das Original und eine Bonusgeschichte.

voraussichtlich verfügbar Winter 2016